Über die Autorin:

Der Name **Amelie Flow** ist ein Pseudonym.

Die Autorin wurde als viertes Kind in Berlin in eine Großfamilie hineingeboren. Dort wuchs sie phantasievoll und kreativ in Freiheit auf. Seit 1981 lebt sie mit Mann und drei Kindern in NRW. Die Kreativität hat sie bis zum heutigen Tag nicht verlassen. Es finden sich unter ihren selbstgeschriebenen Texten Gedichte und Prosa-Texte, die veröffentlicht wurden. Ihre humorvolle Seite konnte sie des Öfteren auf verschiedenen Kabarettbühnen ausleben.

Das Schreiben half ihr in den vier Jahren der schweren Erkrankung ihres Mannes bis zu dessen Tod.

Amelie Flow

AM ENDE IST
ZU WENIG TAG

www.tredition.de

© 2020 Amelie Flow

Verlag und Druck: tredition GmbH, Halenreie 40-44, 22359 Hamburg

ISBN
Paperback: 978-3-347-10153-1
Hardcover: 978-3-347-10154-8
e-Book: 978-3-347-10155-5

Inhalt

Chanson d'Amour

Wenn ich doch nur ein Lied schreiben könnte

Ein Lied über den Duft von Dir

Deiner, der so sanft wie Nebel

Nächtlich auf mein Kissen schwebt

Deinen süßen Duft

Den ich in mir trage

Der mich betört

Deinen, diesen Duft

Der mich nie mehr einsam werden lässt

Dein Duft

Der mich zart die Rundungen deiner Brüste berühren lässt

Der deines schönen Körpers gewahr ist

Der deine sanfte Schönheit umschmeichelt

Ach, wenn ich doch nur singen könnte

Ein Chanson d'amour!

Unsere Körper bewegen sich lustvoll zu den sanften Klängen von Leonard Cohens Song: **So long Mariannne.**

Das ist unsere Zeit. Lebendig. Aufregend. Süß. Verführerisch. So leicht kann das Leben sein. Es schmeckt nach Süße. Es riecht nach Frühling. Es ist die Zeit der Liebe. Jede Liebe hat ihren Duft. Das ist schon seltsam. Meine Liebe riecht besonders gut. Nach Mann. Nach Stärke. Nach unbändiger Lust. Lust am Leben. Lust am Erobern. Lust am Austausch. Zwei Körper werden zu einem. Leben pur. Leben satt.

Unsere erste Reise starten wir mit einem blauen VW, den mein Mann für zweihundert DM gekauft hat. Der zweite Gang ist nicht zu gebrauchen, doch wir überholen liegengebliebene Fahrzeuge am Brenner. Ich bin verblüfft und schwer beeindruckt, wie mein Mann es so souverän schafft, uns genau dahin zu fahren, wo wir hinwollen.

Es ist die Zeit der Musik, der Hippies, der Liebe, der Freiheit. Die Brötchen vom Bäcker schmecken lecker, in die Fleischwurst wird herzhaft hineingebissen. Noch wissen wir nichts über den CO_2-Fußabdruck, nichts vom Ozonloch, auch nichts vom Navi, Computer, Algorithmen. Nein, gar nichts wissen wir darüber! Wir haben das Herz, den Kopf und jede Menge Gefühle frei zum Leben.

Als die Nacht hereinbricht, kann ich nicht mehr still auf dem Beifahrersitz ausharren. Wir halten im Stockdunkeln an. Isomatte raus, Schlafsack drauf, und schon lasse ich mich genau darauf fallen. Schon im nächsten Augenblick bin ich entschlummert. Über mir den Himmel. Mein Held hat die ganze Nacht auf mich aufgepasst.

Nach drei Tagen erreichen wir Jugoslawien. Ein wunderschönes Land. Ein paar Tage verbringen wir, nur wir zwei, in einer einsam gelegenen Bucht. Es ist unglaublich. Liebe, Sonne, Strand. Zwei Menschen gestrandet, kosten vom Reichtum der Natur.

Eine Zeit der verrückten Partys. Das befreiende Tanzen im Rhythmus der Musik. Erotik pur im Gleichklang der Hormone. Diskussionen mit Freunden. Alles wichtig. Wir sind jung, wir können die Welt bewegen. Alles ist möglich. Unbändiger Glaube an die eigene Stärke. Herrlich.

Ich ziehe zu ihm. Fahre mit der U-Bahn. In einem großen Beutel schleppe ich Kohlen, die ich von Zuhause mitnehme. Er bewohnt eine Studentenbude mit Außentoilette und Ofenheizung. Das Geld ist bescheiden, aber wir sind reich.

Wir heiraten. Tolle Zeit. Vorbereitung. Wunschliste wird erstellt. Planung von Polterabend und Hochzeitsfeier.

Der Polterabend ist ein Knaller. Im letzten Jahr hatten wir die Studentenbude gegen eine kleine Dachgeschoßwohnung mit Innentoilette getauscht. Dort startet nun der umwerfende Polterabend. Freunde, Verwandte, Bekannte. Die kleine Wohnung platzt aus allen Nähten. Das Treppenhaus wird mitgenutzt. Tanzen, tanzen, tanzen. Wir sind Weltmeister im Rock 'n' Roll. Wie immer übertreiben wir dabei. Die Menge bildet einen Kreis um uns. Ich fühle mich wie im siebten Himmel.

Am nächsten Morgen. In unserem kleinen Zimmer stapeln sich die Geschenkpakete. Das Chaos der Party wird sichtbar. Egal. Unsere Hochzeit steht nun an, da haben wir andere Aufgaben. Wir lassen alles stehen und liegen.

Alles ist so hergerichtet, wie wir uns das gewünscht haben. Festlich. Auserwähltes Essen. Tanzen, plauschen, lachen. Ein toller Tag. Wieder zurück in der kleinen Wohnung fallen wir ins Bett. Natürlich haben wir auch eine Hochzeitsreise geplant. In den Harz. Ich packe den Koffer. Das Chaos überlassen wir dem Chaos.

Es ist ein sehr heißer Sommer. Verschwitzt kommen wir in dem kleinen Hotel an. Mein Mann steigt als erster unter die Dusche. Nackt macht er sich an dem einzigen Koffer zu schaffen.

Hast du meine Sachen schon rausgelegt? Fragt er mich.

Ich? Nee.

Hier sind nur deine Klamotten drin.

Ich schaue nach. Tatsächlich.

Verstehe ich nicht. Murmle ich vor mich hin. *Wo habe ich die denn hingetan?*

Sie sind nicht da. Ich habe tatsächlich nur meine Sachen eingepackt. Wir haben Sonntag. Die schon verschwitzten Kleider sind trotzdem besser als nichts.

Nach vier Jahren stehen wir beide im Beruf. Jetzt gibt es auch Geld. Wir geben es aus. Eine neue Wohnung wird unser Zuhause. Möbel ausgesucht, eine Omega-Tapete ziert eine von vier Wänden. Den Boden deckt ein weißer Teppich. Unser soziales Netz funktioniert noch analog. Die Leute, Freunde kommen gerne zu uns. Da wird diskutiert, getanzt, gegessen, getrunken. Der Teppich dient als kuschelige Unterlage. Das Leben ist schön.

Die erste Winterreise geht nach Österreich. Mit Skiern. Darauf haben wir zwar noch nie gestanden. Unser Skilehrer ist super gechillt. Wir haben totalen Spaß. Und Glück. Mit dem Wetter. Den ganzen Tag knallt die Sonne nur so über die glitzernden, schneebedeckten Berge. Was für eine Natur. Das Essen schmeckt. Abends wird noch geschwoft. Die Leute sind gut drauf, wir auch. Zu guter Letzt meldet mich mein Mann auch noch ohne mein Wissen beim Skirennen für Anfänger an. Ich bin empört, ein bisschen. Nein, eigentlich freue ich mich. Er scheint den Eindruck zu haben, dass ich schon eine Menge gelernt habe.

Ich habe tatsächlich das Rennen gewonnen. Nun ja, die Teilnehmerzahl war übersichtlich. Nur drei. Egal. Ich habe den ersten Preis gemacht. Die Anstecknadel hat sich bei dem Versuch, sie an die Jacke zu heften, in meinen Finger gebohrt.

Nach zwei wunderschönen Urlaubswochen geht es wieder nach Hause. Auch schön, das Zuhause.

Ein Jahr später haben wir auf einem Ball eine Reise gewonnen. Kreta. Los geht es mit dem Flieger. Das Hotel ist zu groß. Zu unpersönlich. Aber einem geschenkten Gaul sieht man nicht ins Maul. Hier riecht es anders, nach blühender Natur. Die Kneipen sind bis spät in die Nacht geöffnet. Die Griechen sind unglaublich freundlich, gesprächig und neugierig. Genau wie wir. Also machen wir die Nächte auch noch zum Tag. Lernen viel über Land und Leute und sind begeistert. Dann liegt eines Tages ein U-Boot im Hafen. Wir schlendern am Kai entlang. Da sehe ich, wie eine kleine Gruppe von Menschen auf das U-Boot geht. Wir verfolgen gespannt diesen Vorgang. Und dann – tatsächlich öffnet sich die Einstiegsluke. Die kleine Gruppe verschwindet dahinter.

Hey, hast du gesehen? Die gehen da runter. Komm lass uns auch gehen. Das ist doch großartig. Wir waren noch nie in einem U-Boot.

Mein Mann will nicht so recht.

Die gehören wahrscheinlich zu der Crew. Da kann man nicht so ohne weiteres reingehen.

Ach komm, wir gehen einfach.

Ich bin nicht zu halten und ziehe meinen Mann mit mir. Die Klappe ist noch leicht geöffnet, als wir den ersten Fuß auf die steile Treppe setzen. Automatisch öffnet sie sich, sodass wir gut hinunterklettern können. Unten angekommen, steht der Kapitän. Er reicht uns zur Begrüßung die Hand und fragt, was wir hier wollen. Er ist freundlich und erzählt uns, dass die Gruppe ein privater Besuch sei und dass fremde Menschen keinen Zutritt hätten. Jetzt fühle ich mich doch verunsichert. Ich bin froh, dass mein Mann so gut Englisch spricht. Er entschuldigt sich beim Kapitän. Der reagiert souverän.

Wollen Sie mal durch ein U-Boot schauen?

Er ruft einen Kollegen und bittet ihn, uns durchs Boot zu führen.

Es ist unglaublich. Winzige Schlafräume, winzige Baderäume, winzig, winzig. Und viele große Männer. Ganz viel Technik. Wenig Platz über unseren Köpfen. Ich finde es gruselig. Wir bedanken uns herzlich, und ich bin heilfroh, als wir wieder festen Boden unter unseren Füssen haben.

Zehn ganze Jahre nur für uns. Wir reisen, quälen uns durch die damalige DDR. Sind neugierig auf unsere Nachbarn. Italien. Spanien, Frankreich. Es riecht anders. Die Menschen leben anders. Die Zeit läuft anders. Es ist spannend. Wir bleiben neugierig. Und kreativ. Mein Mann schreibt mir einen Liebesbrief. Nein, nicht auf edlem Papier. Formvollendete Schrift. Nein. Er nimmt eine Klorolle. Einen Stift und …. eine Klorolle ist sehr lang. Was für schöne Worte.

Gemütlich abends im Bett trägt mich seine Stimme beim Vorlesen. Ich weiß nicht, wann er bemerkt hat, dass ich eingeschlafen bin.

Dann bricht wieder eine andere Zeit an. Wir erwarten unser erstes Kind. Verrückt. Was passiert da in meinem Körper? Wieder ist alles neu und aufregend. Wir sind Protagonisten in unserem eigenen Film. Wir laufen mit. Manchmal stellt sich der Stopp-Knopf an. Wir wissen nicht, wie der Film weiterläuft. Aber wir sind super drauf und voller Wissbegierde. Nichts kann uns aufhalten.

Im Laufe der nächsten Jahre kommen noch zwei weitere Kinder hinzu. Es wird bunt, laut und sehr lebendig. Unser „Zweierdasein" ist nun einer großen Familie gewichen. Das hat Folgen. Positive, na klar. Aber auch einschränkende, für meinen Mann und mich. So ist das. Eine Lebensplanung ohne Planung. Es geschieht einfach. Ein größeres Haus mieten. Im Job das Beste geben. Der Haushalt. Die Kinder. Ein Glück. Es braucht sehr viel Zeit für die Kinder. Tolle Ideen haben diese. Einen unverdorbenen Blick haben sie. Auf das Leben. Auf die Welt. Vertrauen haben sie. Was für ein Geschenk.

Wir bekommen nun auch einen neuen, einen anderen Blick auf das Leben. Auf die Welt. Wer Kinder hat, hat Verantwortung. Und was für welche! Neuerdings diskutieren wir über Erziehung oder doch lieber „Begleitung" von Kindern. Erziehung führt vielleicht schnell zur V-erziehung. Müssen Kinder? Darf man das? Wie viele selbstlernende und bildende Bedürfnisse lassen wir zu? Gehört das Experimentieren und Forschen von Wasser, Luft, dem Verschwinden von Wassertropfen, dem Ausprobieren von Feuer anzünden dazu? Auch wenn die Kinder dabei das gesamte Wohnzimmer unter Wasser setzen, es über dem bereit gestellten Teller brennt? Wenn allerdings Zusätze wie Spülmittel, Shampoo oder Waschmittel den Badezimmerboden bedecken, Eier auf den Treppen aufgeschlagen werden, bleiben bei dem liberalsten aller Erziehungs-Begleitungsstile die Nerven schon mal auf der Strecke. Da geht dann schon mal gar nichts mehr am Abend. Beine hoch, ein Gläschen Wein, Neuigkeiten in Kurzform austauschen. Trotzdem haben wir dem Wunsch der Kinder nachgegeben und einen Hund in unsere Familienidylle hineingelassen. Eine Bereicherung für uns alle. Schön zu sehen, wie verantwortungsvoll sich die Kinder zeigen.

Es wird viel gelacht bei uns. Kinder sind unfreiwillige Komiker. Sie sind kleine Philosophen. Sie sind klug. Neugierig. Immer. Warum? Das ist ihr wichtigstes Wort. Doch wenn der Tag zu stressig wird, findest du manchmal keine Antwort.

Warum kann ich Gas nicht sehen?

Weil, weil, hör mal Schätzchen, ich muss mich jetzt beim Fahren konzentrieren.

Da bleiben Lücken. Da kann man schon mal in der Nacht darüber nachdenken, wieso man sich nicht die Zeit für diese vielen Warum-Fragen nimmt. Aber schon am nächsten Morgen geht es wie im Hamsterrad weiter.

So sind etliche Jahre ins Land gegangen. Schöne Urlaube. Wunderschöne Feste. Viele Freunde. Viel Humor, viel Lachen. Kreatives Ausprobieren in verschiedenen Richtungen. Den Kindern beim Wachsen zuzusehen. Die Körper verändern sich. Genauso war es bei meinem Mann und mir doch auch. Die Ansichten ändern sich. Sie fangen an Pläne zu schmieden. Alles schon mal dagewesen. Unsere Generation tritt schon langsam in den Hintergrund. Wir begleiten, diskutieren viel und engagiert mit den Kindern. Sie schleppen Freunde mit an. Die wollen mitdiskutieren. Es wird immer bunter und voller bei uns. Wir fallen abends erschöpft ins Bett.

Mein Mann hat keine Lust mehr, seinen Geburtstag zu feiern. Gut, gehen wir zum Griechen essen. Bei Freunden laufen ähnliche Prozesse ab.

Ja und dann, dann verändern wir uns. Die Zweisamkeit hat schon lange ihren Platz an die große Familie verschenkt. Es geht nicht mehr um uns. Der Job hat Priorität. Die Kinder haben Priorität. Der Ablauf hat Priorität. Wir haben uns ins funktionale Leben eingefuchst.

Mein Mann wird irgendwie komisch. Wenn er Zuhause ist, wirkt er grüblerisch bis schlecht gelaunt. Die Interessen außerhalb des Jobs werden geringer. Die Kommunikation wird sparsam. Meine Versuche, ihn mitzuziehen, scheitern.

Komm doch mal mit. Hast du keine Lust mehr?

Komisch, was passiert da?

Aus dem Gleichgewicht

Aus dem Gleichgewicht

Schaue in aufgerissene ratlose Augen

Höre nicht gesagte Worte

Spüre gefangenen Körper

Rieche ANGST

Und ich

Versuche zu ATMEN

Ein unglaublich dumpfer und dennoch Wahnsinns lauter Knall, dann Stille.

Nein, nein, nein, nicht schon wieder. Ich verkrieche mich unter meiner Bettdecke. Ich will nicht, ich kann nicht, ich kann einfach nicht mehr, wimmere ich vor mich her. In Windeseile schlage ich dennoch die Bettdecke von mir, schlüpfe in meine Latschen und rase die Treppe ein Stockwerk hinunter. Ich versuche seine Tür zu öffnen, bekomme sie aber nicht auf. Vorsichtig, jedoch mit viel Kraft, öffne ich sie. Stück für Stück, bis ich endlich durch die Türöffnung passe. Er liegt in fast embryonaler Haltung auf dem Fußboden. Seine Beine sind nackt, er trägt Hygienepants, ein T-Shirt bedeckt seinen mageren Oberkörper. Seine riesengroßen Augen blicken mich ratlos an. Er sagt kein Wort. Ich bücke mich, greife unter seine Arme, versuche seinen Oberkörper hoch zu bugsieren. Er rutscht mir aus den Händen. Ich versuche es erneut, ächze, stöhne, puste, lege meine ganze Kraft in sie hinein. Ich schaffe es nicht. Ich wimmere vor mich hin. Rufe meine Tochter, die noch bei uns wohnt. Ich höre ihre Schritte. Verschlafen, mit ängstlichem Blick auf mich, weiß sie doch, was zu tun ist. Ich übernehme den Oberkörper, sie packt seine Beine an. Endlich sitzt er auf seinem Bett. Es ist drei Uhr nachts. Er ist immer noch mein Mann. Und er hat eine Scheißkrankheit.

Eigentlich hat sein seltsames Verhalten schon vor Jahren begonnen. Er wollte nicht mit in den Urlaub. Einer muss auf den Hund aufpassen, sagt er. Früher haben wir auch den Hund mitgenommen. Er hat keine Lust mehr aufs Wegfahren. Na, dann eben nicht. Ich bin sauer auf ihn. Meine Kinder und ich fahren. Endlich Urlaub, keine Verpflichtung. Wunderschöner Urlaub in Frankreich. Viel Sonnenschein, faulenzen, muntere Gespräche, viel Lachen, schwimmen, Rad fahren, gemeinsames Kochen, abends auf der Veranda französischen Rotwein trinken. Schnell, viel zu schnell sind drei Wochen ins sonnige Land gegangen und ich habe gar keine Lust nach Hause zu fahren. Bin innerlich weit entfernt von meinem Mann. Er benimmt sich in letzter Zeit irgendwie merkwürdig. Vielleicht ist ihm die Pensionierung nicht bekommen. Eigentlich hatte ich mich darauf gefreut. Ganz viel Zeit gemeinsam zu verbringen. Urlaub außer der Reihe, einfach so, so zum Spaß. Normalerweise ist er ein ruhiger Bürger. Still, in sich ruhend, niemals aufbrausend. Jedenfalls so wie in der letzten Zeit, habe ich ihn noch nicht erlebt. Lieber würde ich noch einige Wochen in Frankreich bleiben.

Zuhause angekommen gibt es den obligatorischen Kartoffelsalat mit Wiener Würstchen. Mein Mann hat sich viel Mühe mit dem Essen gegeben und wir greifen wie immer ausgehungert zu. Die Kinder plaudern ungezwungen vom Meer, der Musik, die wir an vielen Abenden live erlebt haben. Mein Mann hört scheinbar zu, fragt aber nichts und redet auch sehr wenig. Auf unsere Fragen antwortet er sparsam, und irgendwie hört er sich etwas alkoholisiert an. Doch die Frage, ob er schon Alkohol zu sich genommen hat, verneint er. Komisch, denke ich.

Der letzte Urlaub liegt nun schon wieder fast ein Jahr zurück. Der Alltag hat uns alle fest im Griff. Ich arbeite an verschiedenen Projekten, bin mit Planungen beschäftigt.

Kommst du mit Fahrrad fahren? Er schüttelt den Kopf. Sonst hat er sich herausgeredet, dass er keine Zeit dafür hat. Jetzt hat er welche. Er ist pensioniert und könnte sich den schönen Dingen des Lebens zuwenden. Ich verstehe ihn nicht. Immer nur schlapp, müde und antriebsarm. Schlecht gelaunt. Mich macht das zornig.

Jetzt geh doch mal mit. Das wolltest du doch immer. Ich höre mich keifend an.

Dann, eines Morgens, tappe ich nach dem Aufstehen ins Bad, stolpere quasi im Flur über ihn, auf ihn. Ich erschrecke. Sein Gesicht ist Blut überströmt. Er sieht aus, als sei er einem Horrorfilm entsprungen.

Was hast du gemacht? Schreie ich, *was ist passiert? Sag doch mal?*

Erstaunt fasst er sich ins Gesicht, fährt mit seinen Händen darüber. *Gar nichts,* sagt er.

Warst du draußen, mit dem Hund?

Ja, sagt er.

Hat dich niemand gesehen? Hat dich denn keiner angesprochen?

Nein, sagt er.

Ich bin ratlos. Ich habe Angst. Was ist mit ihm? Was passiert da gerade mit ihm? Mit uns? Mir wird schwindlig.

Die nächsten Stürze kommen. Erst in großen Abständen, später häufiger. Die Angst bleibt. Ich fordere ihn auf, einen Arzt aufzusuchen. Er lässt nicht mit sich reden. Er verneint. Er nervt. Er redet immer weniger. Gibt einfach keine Antwort. Er wird grob in Sprache und Aussehen. Er pflegt sich nicht. Ich fordere ihn auf, sich zu duschen. Er reagiert nicht. Ich lasse ihn. Bin auch trotzig. Ich denke, was geht's mich an, soll er doch machen, was er will. Bin aber doch zusehends beunruhigt. Er ist übellaunig, hat ständig was zu meckern. Er beschimpft immer wieder unsere jüngste Tochter und mich. Wir sind blöd, und ich bin schuld. Ich habe in der Erziehung alles falsch gemacht. Ich wehre mich. Schreie, beschimpfe ihn auch. Ich kann ihn immer weniger leiden. Er lockt aus mir die schlechten Seiten hervor. Ich bin traurig, wütend, ohnmächtig. Ich will weg und kann nicht.

Ich beobachte ihn. Sein Interesse an allem und jedem lässt deutlich nach. Seine Worte, Sätze werden immer sparsamer. Die ehemals streitbare Politik zwischen uns erhitzt nicht mehr unsere Gemüter. Die Sprache wirkt so komisch verwaschen. Es erinnert an leicht alkoholisiertes Sprechen. Aber er hat gar nichts getrunken. Sein Gang sieht auch etwas seltsam aus. Er schaut ständig auf den Boden, ist leicht nach vorn gekippt. Das Zusammenleben mit ihm wird belastend. Ich finde keinen richtigen **Anpack.** Was soll ich ihm sagen? Es ist alles dermaßen verkorkst. Er verwahrlost immer mehr.

Meine mittlere Tochter übernimmt das Kommando.

Papa, du gehst dich jetzt duschen.

Ich bin verblüfft. Er tut es.

Zunehmend sehe ich Urinspritzer neben der Toilette, auf dem Boden. Ich bekomme einen Schreck. Kann er den Urin nicht mehr richtig kontrollieren? Ich sage nichts. Es ist mir peinlich für ihn. Wortlos entferne ich seine Hinterlassenschaft. Im Laufe der Zeit werden die Spuren normal. Dann sogar vermehrt, alles ist besudelt, ich komme gar nicht mehr hinterher. Ich selbst sitze nur noch mit einer halben Pobacke auf der Toilettenbrille. Ein Stich durch mein Herz, der eine Wunde hinterlässt. Er tut mir furchtbar leid. Gleichzeitig ekele ich mich, und ich will auch nicht länger hinter ihm her putzen. Ich finde keine Lösung.

Am Abend sitzen wir beide stumm vor dem Fernseher. Ich beobachte ihn. Seine merkwürdig verlangsamten Bewegungen, wenn er sein Glas zurück auf dem Tisch absetzt. Ich bin auf dem Sprung. Jederzeit kann ich zufassen. Aber erst mal beobachte ich nur. Ich verkrampfe. Atme nicht mehr durch. Halte an. Und fest. Lieber Gott, was soll ich bloß mit ihm machen? Dann - er will sich erheben - ganz langsam rutscht er an die Sitzkante heran. Er hält sich dabei am Tisch fest. Noch ehe er richtig steht, fällt er auch schon ungebremst genau in den Fernseher. Es kracht fürchterlich. Meine Tochter kommt aus ihrem Zimmer gestürmt. Der Schreck sitzt uns allen in den Gliedern. Sofort versuchen wir ihn gemeinsam aufzuheben. Er blutet. Was mache ich zuerst? Ihn verbinden? Wo habe ich Verbandszeug? Ich bin fahrig. Mir zittern die Hände. Ich suche.

Erst mal ein Handtuch auf die Stirn. Blutung stillen. Endlich habe ich die Verbandskiste gefunden. Mit zittrigen Fingern verbinde ich seinen Kopf. Er sagt keinen Ton. Nur seine Augen blicken riesengroß, ratlos, in meine. Wir sind verzweifelt.

Er fällt wieder hin. Wir heben ihn auf. Er fällt hin. Wir heben ihn auf. Ich falle mit ihm zusammen hin, ich kann ihn nicht festhalten.

Und immer wieder das fürchterliche Krachen. Tag und Nacht bestimmt dieses Geräusch nun unser Leben. Stürze am Abend.
Stürze in der Nacht. Krachen, Herzklopfen. Atem anhalten. Los-
rennen, aufheben. Große, aufgerissene Augen schauen mich ratlos an. Bin genauso ratlos. Was hat er? Bin am Ende mit meinen
Kräften. Schreie, schluchze verzweifelt im Auto. Es muss etwas
passieren. So kann es nicht weitergehen. Er m u s s zum Arzt. Ich
rede mit ihm.

So geht es nicht mehr. Du musst endlich zu einem Arzt.

Er wehrt ab. Wie immer. Er geht nie zum Arzt. Er ist ein sehr
selbstbestimmter Mann. Er lässt sich nicht reinreden. Niemals. Er
bestimmt über sich und auch gerne mal über andere. Über mich.
Dann gibt es Krach. Ich habe nicht gelernt über jemanden zu bestimmen. Es liegt mir nicht. Ich kann es sogar nicht mal. Ich kann
kämpfen wie ein Löwe, kann mich wehren, aber ich kann nicht
über jemanden bestimmen.

Wir sitzen am Mittagstisch, zwei unserer Kinder sitzen mit am
Tisch. Mir schlägt das Herz bis zum Hals. Ich muss ihn dazu bewegen, dass er sich einem Arzt vorstellt. Ich habe sonst keine Lösung.
Wir befinden uns nun schon ein ganzes Jahr in dieser beunruhi-
genden Situation. Irgendetwas stimmt doch nicht mit ihm. Es
macht mir Stress und Angst, mit ihm zu reden. Er ist so unbere-
chenbar geworden. Er zeigt mir nur seine Abwehr. Jetzt, endlich,
will ich es versuchen! Ich versuche es.

Du fällst dauernd, ich weiß nicht mehr, was ich mit dir machen
soll. Du merkst doch selbst, dass du ständig stürzt. Man muss
doch irgendetwas tun können. Ich weiß doch sonst auch nicht,
wie ich dir helfen soll. Lass doch bitte mal einen Arzt drauf-
schauen.

Ja, Papa, sagt die Mittlere. Sie hat einen guten Zugang zu ihm.

Die Mama hat Recht, du musst mal zum Arzt. Soll ich mit dir fahren?

Stumm hört er uns zu. Sichtbar überlegt er. Es dauert.

Nein, sagt er. **Die Mama. Sie soll mit mir direkt ins Krankenhaus fahren.**

Wir fahren noch am selben Tag. Ich habe Angst davor. Fühle mich verantwortlich. Werden sie mir Vorwürfe wegen seines Zustandes machen? Ich habe keine Idee, was mit ihm los ist. Wir warten im Notfallwarteraum. Stille herrscht hier. Der Warteraum ist voll besetzt. Manche äußere Verletzung wird sichtbar. Alle sehen besorgt und in sich gekehrt aus. Keiner spricht, jeder wartet geduldig auf sein Schicksal. Wir halten uns an den Händen. Es kommt mir komisch vor. Gleichzeitig rührt es mich. Dieser störrisch gewordene Mann, der immer Recht haben muss, der sich niemals von irgendjemandem etwas sagen lässt, sitzt jetzt hier wie auf der Schlachtbank. Oder auch Anklagebank? Ich weiß nicht, was in ihm vorgeht. Es hat ihn sicher große Überwindung gekostet.

Ich bin verwirrt. Habe keine Zeit meine Gefühle einzuordnen. Trotzdem hoffe ich im Stillen, dass sie ihn dabehalten werden. Sie werden doch sicher irgendeine Diagnose finden? Sie werden ihm helfen können? Gleichzeitig deckt sich ein Mantel des schlechten Gewissens über mich. Ich gebe die Verantwortung ab. Ja sicher, was soll ich denn sonst auch tun? Ich bin doch kein Arzt. Ich weiß nur, dass ich diese desolate Situation auch nicht mehr ertrage. Wir brauchen Hilfe!

Er braucht dich doch. Jetzt mehr denn je. Kümmere dich um ihn.

Ich wünsche mir sehr, dass ich endlich mal wieder frei atmen kann. Endlich kein Krachen mehr. Keine Nacht, in der ich zu ihm renne. Ach, wäre das schön. *Er* ist doch der Kranke. Wie kann ich nur so egoistisch denken? Ich hadere mit mir. Mir wird siedend heiß. Trotzdem...

Dann endlich. Er wird aufgerufen. Ich gehe mit ihm ins Untersuchungszimmer. Nach einigen Minuten kommt dann eine Ärztin. Ich bin zittrig und ängstlich. Was kommt jetzt? Widererwarten ist sie sehr nett. Sie befragt ihn. Welche Beschwerden? Er hat keine. Ich berichte von seinen Stürzen. Sie untersucht ihn. Herzcheck, sie behalten ihn im Krankenhaus. Ich atme auf. Bleibe solange bei ihm, bis ein Bett frei ist und ich ihn ins Zimmer begleiten kann. Ich fahre nach Hause. Ein mir inzwischen unbekanntes Gefühl von zaghafter Freiheit bahnt sich seinen Weg durch meinen Körper. Ich lebe, ich bin frei. Im Augenblick.

Zuhause fallen meine Tochter und ich uns in die Arme. Jetzt fängt wieder ein Stück des Lebens an, glauben wir.

Doch die täglichen Besuche im Krankenhaus werden schnell zur Normalität. Das Freiheitsgefühl hat wieder der Sorge und dem Pflichtgefühl Platz gemacht. Der tägliche Ablauf zurrt sich selbständig fest. Morgens aufstehen, mit dem Hund in die Natur. Frühstück bereiten und manchmal genussvoll einnehmen. Die Gedanken drehen sich permanent um meinen Mann. Was hat er bloß? Volle Konzentration auf ihn. Das Leben fühlt sich so unwirklich an. Bei den täglichen Besuchen im Krankenhaus frage ich nach einer Diagnose. Mein Mann weiß auch nicht so genau was los ist. Sie wollen sein Herz intensiver untersuchen. Ich will nun wissen, was mit ihm los ist. Meistens erwische ich aber niemanden. Ich versuche herauszufinden, wann es am besten passt. Stelle mich in Lauerstellung. Dann endlich, auf dem Krankenhausflur entdecke ich endlich die Ärztin. Stürze mich regelrecht auf sie.

Wie sieht es aus mit meinem Mann? Was hat er denn? Frage ich.

Ja, also sein Herz, darum müssen wir uns zwingend kümmern. Herzflimmern! Ganz schlimm. Vielleicht einen Stent setzen?!

Hä? Ich verstehe nicht. Das mit dem Herzen hat er schon seit Jahren. Festgestellt bei unserem Hausarzt. Die verordneten Tabletten nimmt er nicht. Er ist da sehr eigen. Wägt für sich genau ab, was aus seiner Perspektive sinnvoll ist.

Aber er hat doch diese Verlangsamungen und die Stürze? Frage ich. *Was ist das denn?*

Also zuerst muss mal das mit dem Herzen geklärt werden.

Sie macht auf dem Absatz kehrt und ist schon um die nächste Ecke verschwunden.

Ich bin mal wieder verwirrt. Und jetzt?

Die Kinder besuchen ihren Papa. Die Tochter mit ihren beiden Kleinen. Zwei und einjährig. Das bringt Stimmung in die verschlafenen Räumlichkeiten. Und Lautstärke. Und Unruhe. Noch lässt man uns gewähren. Mein Sohn besucht ihn ohne seinen Dreijährigen. Er ist immer sehr gesprächig und plaudert munter über seinen Arbeitsplatz, die Schule, den Sport, zitiert den einen und auch anderen Autor übers **Glücklich sein.** Das bringt etwas Entspannung, auch für mich, in die täglichen Krankenhausbesuche.

Nach zwei Wochen will man ihn dort loswerden. Die Idee mit dem Stent ist auf Eis gelegt und für seine körperlichen Probleme, die Verlangsamung und seine Stürze, soll er in die geriatrische Klinik zur Abklärung und Stabilisierung.

Für die zeitlich geplante Übergabe ins andere Krankenhaus, habe ich meinen Sohn gebeten, seinen Papa dorthin zu begleiten. Mein Nervenkostüm ist zurzeit so dünnhäutig. Er gibt sein Okay. Ich bin erleichtert. Da hat sich dann aber offensichtlich intern die Planung vom Krankenhaus geändert. Schade. Als ich im Krankenhaus erscheine, hat mein Mann das erste MRT hinter sich. Für mich ist das eine schreckliche Vorstellung. So ganz alleine. In seinem Zustand.

Manchmal habe ich den Verdacht, dass er vielleicht an Demenz erkrankt ist. Er reagiert kaum. Spricht manchmal in Rätseln. Doch dann lässt er, so ganz unvermittelt, Sätze los wie:

Das ist so schlimm, dass könnt ihr euch gar nicht vorstellen, gefangen zu sein …

Dann wieder Schweigen.

Dieses geriatrische Krankenhaus ist so schrecklich, dass jeder Besuch zu ihm einem Gang nach Canossa gleichkommt. Es ist dunkel, heruntergekommen. Kaputte Böden mit Linoleum aus den siebziger Jahren. Auf den Fluren herrscht unheimliche Stille. Leere. Er liegt in einem Zweibettzimmer. Keine Chance an sein Bett zu gelangen, ohne sich blaue Flecken zu holen. Wenigstens steht sein Bett am Fenster. Ein Rollator, den er auch benutzen soll, passt dort nicht hinein. Ein kranker Mensch, der sich per se schon schlecht bewegen kann. Und dann das.

Sein Bettnachbar ist tot. Nein, doch nicht. Man hört noch grunzende Geräusche.

Bei Fragen nach dem Krankheitsstand meines Mannes an das Personal, stoße ich auf ausgedehnte Genervtheit.

Das kann Ihnen nur der Arzt sagen.

Und wann kann ich den Arzt sprechen.

Tja, er ist in der Visite. Er ist im Gespräch. Er ist erst morgen wieder da.

Dann endlich, nach einigen Tagen ein Lichtblick. Ich erwische ihn im ausgestorbenen Flur. Halte ihn fest.

Was ist denn jetzt mit meinem Mann? Was hat er denn nun?

Gefunden. Die Diagnose. PARKINSON. Na prima. Da kann man doch was machen. Da gibt es doch Medikamente. Er nimmt keine Medikamente. Aber das wissen die noch nicht. Aber wir. Die Kinder und ich sind fast erleichtert und zuversichtlich. Keine Demenz und eine Krankheit zum Anfassen. Parkinson, da kann man was machen. Das gibt Hoffnung.

Er ist nicht zuversichtlich. Blickt negativ, ist stumm, will nach Hause.

Der soziale Dienst tritt an mich heran. Was wollen die? Ich soll eine Pflegestufe beantragen? Ich will damit nichts zu tun haben. Pflegestufe. Kenne ich nicht. Will ich nicht. Der wird schon wieder. Außerdem soll er selbst für sich sorgen. Hat er doch immer gemacht. Er hatte doch immer Recht in allem. Mir hat er doch auch öfter gesagt, wo es langgeht. Was soll das denn jetzt? Was habe ich damit zu tun? Jeder muss doch seine eigenen Wege beschreiten.

Bin beunruhigt. Was soll ich denn jetzt machen? Mich doch kümmern? Wie denn? Man informiert mich im Krankenhaus über das weitere Prozedere. Ich will es nicht hören. Habe bestimmt 300 Blutdruck. Aber es geht wie immer ums schnöde Geld. Soll eine Pflegestufe beantragen. Schnell. Ganz schnell. Der Antragstermin zählt. Dann gibt es Geld.

Mein Mann soll entlassen werden. Ich werde in die ersten Pflegegeheimnisse eingeweiht. Eine nette junge Frau macht mir Mut.

Er braucht Pflege, kann sich nicht mehr allein versorgen, sagt sie mir.

Wieso denn? Er wird das schon hinbekommen.

Noch funktioniert alles. Die Sprache ist zwar ein wenig verwaschen. Das Laufen sieht komisch aus, so als würde er jeden Moment nach vorne hinfallen. Einen merkwürdigen Gang hat er schon immer gehabt. Sah auch irgendwie cool aus. Eben besonders. Ich fand ihn immer besonders. Speziell. Und jetzt?

Nein, denke ich. Kann ich nicht. Will ich nicht. Bin jetzt schon am Ende meiner Kräfte. Das ständige Aufpassen. Der Krach der unheilvollen Stürze. Ihn jetzt waschen müssen? Intim? Ohne intim zu sein? Den ehemaligen Sexpartner als Pflegefall? Geht gar nicht. Er ist so unappetitlich geworden. Ich will das nicht sehen. Nicht mit mir.

In meine Gedanken dringt die Stimme der Anleiterin.

Das ist erst der Anfang. Die Symptome werden sich verschlimmern. Je eher Sie wissen, was zu tun ist ... es gibt Ihnen Erleichterung. Unser Pflegesystem bringt für Sie ausreichende Unterstützung. Wissen Sie bei meinen Eltern ist das auch so. Meine Mutter pflegt meinen Vater seit einem Jahr. Einmal die Woche geht sie zum Sport. Da kommt dann der Pflegedienst. Kopf hoch, das wird schon! Sie strahlt mich an. ***Ist doch easy.***

Aha, sage ich am Telefon***, den medizinischen Dienst muss ich bei der Krankenkasse beantragen?*** Ich bekomme entsprechende Formulare zugeschickt, die ich auszufüllen habe. **Formulare, Formulare, von der Wiege bis zur Bahre,** denke ich.

Er kommt nach Hause. Sein Zimmer habe ich wohnlich hergerichtet. Nun muss er nur eine Treppe hinauflaufen. Es sieht schön aus. Sogar diesen extrem schweren Ledersessel mit Aufstehhilfe haben wir in seinem Zimmer untergebracht. Ein neuer Fernseher steht auch schon für sein ausgiebiges Sehbedürfnis bereit. Er kann sogar vom Bett aus den Fernseher bedienen, ganz wie er will. Noch im Krankenhaus hat man mir Hilfsmittel genannt, die ihm und mir Erleichterung beim Pflegen geben sollen. Auch diese habe ich schnellstens beantragt. Im Bad sind die nötigen Hilfsmittel schon installiert. Einen Wannenlifter, auf den er sich mit meiner Hilfe setzen kann. Einen Toilettenaufsatz, der ihm das Hinsetzen erleichtern soll. Sogar zwei Rollatoren stehen startklar – für den Eingangsbereich und für den ersten Stock. Selbst ein Pflegebett mit Galgen und Urinflasche stehen zur schnellen Handhabe erleichternd zur Verfügung.

Die erste Nacht verbringe ich mit dem Lauschen. Steht er auf? Ja, er steht auf. Ich höre seine schlurfenden Schritte, das Schieben des Rollators. Er muss knapp die Kurve nehmen, um ins Bad zu gelangen. Der Flur ist recht schmal. Plötzlich werde ich mir dieser Gefährlichkeit bewusst. Was ist, wenn er die Kurve nicht hinbekommt? Ich sehe ihn schon die Treppe hinunterstürzen. Mein Körper schaltet auf ... ja worauf schaltet er? Es ist so, als würde ich mich in einer Eisblase befinden. Nichts geht mehr. Bin bewegungslos. Außer meinem laut klopfenden Herzen hängen noch unsortierte Körperteile in dieser Blase. Habe aufgehört zu atmen. Nur unruhiger Herzschlag. Verfolge gnadenlos den Lärm des Toilettendeckels. Des sich Fallenlassens auf die Toilette, das Hinunterknallen einiger Pflegeprodukte. Bin festgefroren. Keine Bewegung in mir. Nur Bilder vom Hinunterstürzen der Treppe. Höre die Spülung. Knallend kämpft der Rollator mit dem Treppengeländer. Höre das Zuknallen seiner Zimmertür. Der Rollator stößt noch mit anderen Wand-Bett-und-Schrankteilen zusammen. Höre das Plumpsen aufs Bett. Dann endlich wieder Stille. Die Eisblase macht der allgemeinen Verkrampfung meines leblosen Körpers Platz.

Am Morgen höre ich ihn. Stehe sofort auf. Das Bad wird herge-richtet. Ich funktioniere. Entkleide ihn, helfe ihm in die Wanne. Sobald er sitzt, fahre ich ihn bis in die unterste Stufe des Liftes.

Man kann den Sitz auch noch in die Liegeposition bringen. Er ent-spannt sich allmählich, während der Schaum sich über ihn legt.

Wie mag es für ihn sein? Überlege ich. Diese Nähe, die Nacktheit? Ich weiß nicht, was er denkt. Ich denke meine Gedanken, die viel-leicht seine sein könnten. Mir ist es unangenehm, ihn so hilflos zu sehen. Er hat keine Chance, er muss sich helfen lassen. Ausge-rechnet er, er, der sich niemals Hilfe geholt hat. Der immer alles selbst konnte. Konnte er auch tatsächlich. Im Kopf und in der Mo-torik, ein Alleskönner. Ein Allrounder. Und jetzt? Als ich dann mit der Dusche über seine Nacktheit gleite, sehe ich, dass sich bei ihm etwas bewegt. Er lacht. Scheinbar ist es ihm angenehm. Ich bin verwirrt.

Für die Pflegestufenfestlegung habe ich nun einen Termin mit der mir zugewiesenen Person vereinbart. Bin unsicher, weiß nicht, was da auf mich zukommt.

Der Tag X ist da, mein Mann ist gut gepflegt, das Haus ist beson-ders auf Vordermann gebracht, es klingelt. Vor mir steht eine sympathische Frau mittleren Alters. Sehr freundlich begrüßt sie uns. Mein Mann sitzt im Sessel am Fenster. Sie fragt ihn, ob er mit an den Tisch kommen möchte. Er macht Anstalten aufzustehen und sich mit Hilfe des Rollators zum Tisch zu bewegen. Ich be-obachte die Ärztin, wie sie meinen Mann beobachtet. Sie verfolgt jeden seiner schlurfenden Schritte. Wir warten. Er setzt sich und stützt seinen Kopf in seine Hände. Er wirkt wie ein trotziges Kind. Bevor die Ärztin klingelte, hatte sich mein Mann ein Glas Bier ge-nehmigt.

Du kannst doch nicht am frühen Morgen Bier trinken.

Nervös beobachtete ich ihn. Doch, er kann.

Was macht das denn für einen Eindruck?

Er schaltet auf stur. Jetzt wird mir klar, was in ihm vorgeht. Er ist ebenso nervös wie ich oder noch viel stärker als ich. Durch das Bier kann er sich vielleicht ein wenig entspannen.

Die Ärztin beginnt mit ihren Fragen. Ich warte bewusst darauf, dass mein Mann antwortet. Es dauert. Schließlich fordert sie mich auch auf, zu antworten. Sie ist sehr dezent in ihrer Wortwahl, macht es uns so leicht und so unverfänglich wie möglich. Nach gut einer Stunde ist der Fragenkatalog abgearbeitet, sie fast alles nochmals zusammen, liest uns den gesamten Inhalt vor und setzt den seit 2015 festgelegten Pflegegrad 4 fest. Mit dem Hinweis, dass auch keine neuerliche Überprüfung stattfinden wird, verabschiedet sie sich. Jetzt sind wir auch in dem Pflegesystem, ein Teil von automatisierten Abläufen.

Er sitzt im Wohnzimmer, spricht kaum und sieht Glotze. Immerhin anspruchsvoll, ARTE. Die Nächte machen mir und ihm Probleme. Ich schlafe ganz schlecht, bis gar nicht. Bin mit einem Ohr ständig bei ihm. Hoffentlich fällt er nicht wieder. In dieser Nacht bleibt es ruhig.

Abtrocknen, eincremen, anziehen, die Treppe hinunterbringen, Frühstück herrichten. Er sieht wieder gepflegt aus. Allmählich werde ich etwas routinierter. Learning by doing. Mit der Routine entwickelt sich auch eine erleichternde Technik. Durch die körperliche Nähe entwickelt sich nach und nach eine seelische Nähe. Er rührt mich. Seine schönen Hände fallen mir wieder auf. Es waren die Hände, in die ich mich verliebt hatte. Klavierspielerhände, mit denen er sehr zärtlich umgehen konnte. Wenn sein Humor anspringt, freue ich mich. Manchmal müssen wir sogar gemeinsam lachen.

Er wäre mir fast in die Wanne gefallen, als ich ihn auf dem Badewannenrand abtrockne und er dabei sein Gleichgewicht verliert. Ich kann ihn gerade noch so packen, bevor er fast nach hinten plumpst. Wir müssen lachen. Das ist schön. Das ist erleichternd, schafft Nähe. Ich vermisse ihn. Den ganzen Mann.

Dann wieder Stürze. Er versucht aufzustehen. Gaaanz langsam. Kann sich nicht halten. Greift ins Leere. Er hat sich an dem Fernseher festgehalten. Ungebremst fällt er wieder mit dem Fernseher auf die Erde. Große, aufgerissene Augen blicken mich ratlos an.

Die Tage vergehen. Ein Tag ist wie der andere. Aufstehen, Mann baden, Frühstück zubereiten, mit dem Hund in den Wald laufen, Wäsche waschen, vor allem Toilette putzen, einkaufen, Essen kochen, auf ihn aufpassen. Er fällt. Verbinde Wunden, salbe blaue Flecken, gebe Arnica, bin rund um die Uhr für ihn da. Funktioniere. Habe alles gut im Griff. Dann Stimmungswandel.

Wo bin *ich* denn noch? Was mache *ich* denn noch? Nichts.

Verschaffe mir eine positive Einstellung. Er ist dein Mann. Er hat eine Scheißkrankheit. In guten wie in schlechten Tagen. Wie würde es mir denn gehen? Na also, stell dich nicht so an. Es geht wieder.

Er glaubt nicht an die Diagnose Parkinson. Sein Bein ist schuld. Das funktioniert nicht so, wie er will. Er möchte, dass ich einen Termin in der Charité mache.

Sie müssen operieren, sagt er.

Zwei Tage später frage ich noch mal nach.

Du willst wirklich in die Charité nach Berlin? Wie soll das gehen? In deinem Zustand?

Er will. Ich mache einen Termin. Wir fahren mit dem Auto. Meine jüngste Tochter fährt mit. Gott sei Dank. Wir bereiten ihm ein gemütliches Plätzchen auf der Rückbank. Mit Decken, Kissen, so dass er sich komplett hinlegen kann. Wir haben am frühen Nachmittag den Termin. Also geht die Fahrt um fünf Uhr früh schon los. Gestresst kommen wir endlich gegen 14 Uhr dort an. Chaotische Bedingungen. Keine Parkplätze, kein unkompliziertes Halten, um aussteigen zu können. Schwierig zu finden. Großer Komplex, nicht kundenfreundlich gestaltet. Wieder tierisch hoher Blutdruck bei mir.

Also irgendwie angehalten. Es ist mir scheißegal, ich halte einfach. Rollator raus, Tasche aus dem Kofferraum, meinen Mann, der sich wirklich ohne Murren und Knurren tapfer verhält, hinausbefördern. Dann die Suche nach der richtigen Station, dem zuständigen Personal. Nach mehreren Telefonaten innerhalb des Hauses und einer Wartezeit von einer halben Stunde in dem scheußlich, dunklen und sehr heruntergekommenen Krankenhaus. Endlich eine Krankenschwester, die sich unserer annimmt. Noch gibt es kein Zimmer. Noch wird alles im Flur der Station erledigt. Eine Ärztin, nicht gerade freundlich, testet meinen Mann. Ich will immer sagen, halt, sprich nicht so mit ihm. Was denkst du eigentlich, wer er ist? Hä? Ein sehr intelligenter Mann, der eben eine Krankheit hat. Es tut mir weh für ihn. Ich will ihn schonen. Er lässt es geschehen.

Ärzte hasten an uns vorbei wie Bienenschwärme. Patienten schleichen auf der Suche nach ein wenig Abwechslung an uns vorüber. Besucher irren hin und her, sie suchen jemanden, den sie nach ihren Angehörigen fragen können. Eine hektische, Angst machende Atmosphäre. Endlich nach geschlagenen zwei Stunden, bekommt er ein Zweibettzimmer zugewiesen. Erbärmlich. Wieder ein ausgelutschter Linoleumbelag, alles etwas schmuddelig und karg, kostet aber dafür Unsummen. Er hat sich wirklich tapfer geschlagen. Nun ist er aber froh, sich hinlegen zu können. Einen Bettgalgen gibt es nicht. Als er sich dann endlich im Bett befindet, verlangt er nach seinen Hygienepants. Habe sie zuhause vergessen. So ein Mist. Anfangs wusste ich überhaupt nicht, wie ich mit der Erkenntnis, der offensichtlich beginnenden Inkontinenz, umgehen sollte. Erst habe ich es ignoriert. Als aber seine Hosen immer öfter nass aussahen, konnte ich es nicht mehr ignorieren. Ich wusste nicht, wie ich mit ihm darüber sprechen sollte. Direkt? Es ist ihm bestimmt unangenehm. Also habe ich mich langsam herangetastet.

Schau mal, vielleicht sollten wir mal an einen Schutz denken, hm, was meinst du?

Seine Zustimmung hat mich verblüfft und erleichtert. Also haben wir sämtliche Möglichkeiten ausprobiert. Einlagen, verschiedene Größen, Pants, von denen eine einzige übrigblieb, die Aldi Pants. Na gut, das hat dann auch noch ein Weilchen gebraucht, bis ich sehen konnte, welche Größe ihn und meinem Blick überzeugen konnte. Ja und nun hatte ich diese Dinger vergessen. Die lagen komplett entspannt zuhause auf dem Wohnzimmertisch.

Also düsen meine Tochter und ich los, um die Dinger zu kaufen. Berlin, Großstadt, Aldi gibt es hier natürlich auch. Zuhause kaufe ich die immer bei Aldi. Wir hetzen durch den Bezirk. Endlich Aldi. Rasen durch den Laden. Nichts entdeckt, was annähernd so aussieht wie die Pants. Also frage ich nach. Gucken mich verständnislos an.

Kenn ick nich, sagt sie, die Verkäuferin.

Kann doch nicht sein, die muss es hier doch auch geben.

Kenn ick nich, sag ick doch. Sowat ham wa nich.

Nee, ne. Also raus hier und in die Drogerieketten. Nirgendwo gibt es diese wunderbaren Hygienepants. Dann endlich, in der Apotheke haben sie so ähnliche für den dreifachen Preis. Nun gut. Ich kaufe sie natürlich. Für ihn sind sie total wichtig. Wieder zurück hetzen. Schweißgebadet, mit hochrotem Kopf und Magenschmerzen, bringen wir sie ihm wie eine Trophäe.

Endlich, endlich, sitzen meine Tochter und ich mit meiner Schwester und meinem Schwager zum Abendessen zusammen. Es ist gemütlich, trotz des traurigen Themas.

Am nächsten Morgen wieder durchs chaotische Berlin gurken. Parkplatz suchen, gefunden, nach einer halben Stunde. Nochmal einen zehn minütigen Fußmarsch. Natürlich ist er nicht gut drauf. Er kann mir auch keine Details mitteilen.

Was haben sie denn alles gemacht? Frage ich.

Naja, Computertomographie, Blutabnahme, das Bein haben sie nicht angesehen. Muss bestimmt operiert werden.

Er gibt nicht auf. Das Bein. Operiert. Das gehört sicher zum allgemeinen Krankenbild, denke ich. Ich sage aber nichts.

Ich suche mal einen Arzt und lass mir die Ergebnisse sagen. Bin gleich wieder da, sage ich und mache mich auf die Suche nach einem Arzt.

Schwierigkeitsgrad zehn, auf einer Skala von eins bis zehn. Alles wirbelt hektisch durcheinander. Alle sind genervt, unfreundlich.

*Entschuldigung, ich würde gerne mal einen Arzt ...*weiter komme ich nicht.

Fragen Sie mal dort nach ... der Finger zeigt in die entgegengesetzte Richtung.

Ich frage dort nach.

Kann ich Ihnen nicht sagen, das macht mein Kollege.

Nun gut, frage ich eben morgen mal nach.

Zeit ist in diesem Krankenhaus ein Fremdwort. Keiner hat sie, kennt sie. Also werde ich mich an die gewohnte Arbeit begeben, meinen Mann in einer zu kleinen Dusche zu duschen. Bin gleich mitgeduscht, dabei hatte ich das heute früh schon erledigt.

Die Luft ist hier trocken und viel zu warm. Bekomme jedes Mal heftige Kopfschmerzen. Bei meiner Tochter und mir ist durch die ständige Anspannung permanent der Körper in Unordnung geraten. Mal reagiert der Kopf, mal der Magen, auch gerne mal der Darm.

Endlich, nach zwei Wochen erwische ich einen Arzt. Er steht im Gespräch mit einer Kollegin im Flur. Ich bin höflich und bleibe in kurzer Entfernung stehen. Meine Augen sind auf die beiden gerichtet. Sie fühlt sich offenbar beobachtet, dreht sich barsch zu mir und pöbelt mich an.

Was wollen Sie? Sehen Sie nicht, dass wir im Gespräch sind?

Mir platzt der Kragen.

Ja, das sehe ich, aber ich muss jetzt Ihren Kollegen sprechen, morgen wird mein Mann entlassen. Wir müssen wieder zurück nach NRW fahren.

Tatsächlich begibt er sich auf den Weg zum Krankenzimmer. Etwas unverbindlich bleibt er im Türrahmen stehen, von wo aus er doziert.

Ja, also, Sie haben eine PSP.

Bitte was? Frage ich nach.

Eine PSP, das ist eine progressive nukleäre Blickparese, ein Atypischer Parkinson. Da kann man nichts machen. Da nutzen keine Medikamente. Ja dann, Wiedersehen.

Er reicht uns seine Hand und überlässt uns unserem Schicksal. Ich bin sprachlos. Mein Mann sagt nichts dazu. Ich habe keine genaue Vorstellung, ob er das Ergebnis mitbekommen hat.

Am nächsten Morgen sitzt er schon fertig angezogen, seine Sachen eingepackt, auf dem Bett. Er will nur noch raus. Ich auch. Wir treten die Rückfahrt an. Eine Diagnose haben wir. Keine Beinoperation, nur eine Diagnose, die uns nicht weiterhilft. Beschämend für den Berufsstand, denke ich. Da werden einem drei Wörter vor die Füße geknallt, ein Tschüss und … nun? Alleingelassen. Wir schweigen alle drei auf der Rückfahrt.

Wieder zuhause geht es genauso weiter wie vorher. Morgens beim Aufstehen helfen. Baden, anziehen. Frühstück bereiten, aufpassen, dass er nicht hinfällt. Zur Toilette begleiten, jedes Mal. Mal ist er händelbar. Lässt geschehen. Mal stößt er einen von sich.

Geh, kann ich.

Kann er, manchmal. Manchmal nicht. Dann knallt es wieder fürchterlich. Dann schauen mich riesengroße, ratlose Augen an. Die Angst wird ein ständiger Begleiter. Die Anspannung auch.

Die Kinder kommen öfter. Zum Frühstück. Zum Mittag. Die Enkel sind entzückend. Bin aufgedreht, genau wie sie. Laut und chaotisch geht es zu. Leben in der Bude. Das macht Spaß. Am Abend bin ich fertig. Alles zu viel. Alles zu wenig. Auf das Maß kommt es an. Aber welches? Ich lass geschehen.

Alles ist anders geworden. Mein Leben hat sich komplett verändert. Wo früher mein Leben war, sind jetzt nur noch das Einerlei des Funktionierens und eine gleichbleibende Traurigkeit geblieben. Meinen Job als Theaterpädagogin, habe ich schon zwei Jahre nicht mehr ausgeübt. Wann denn? Wie denn? Trotzdem versuche ich nicht abzurutschen. Lass dich nicht gehen, sage ich mir. Was ist mit meinen Freundinnen? Manchmal gehen wir noch in die Sauna. Wird aber weniger. Falle ich denen auf die Nerven mit meinen Sorgen? Dabei habe ich das Gefühl, dass ich gar nicht so viel davon berichte. Aber es stimmt, ich fühle mich nicht von ihnen gesehen. Sie reden munter von ihren vielen Reisen. Von den Partys mit dem großen Freundeskreis. Fühle mich inzwischen in ihrer Gegenwart verloren. Bin traurig, verlassen.

Mein Gott, bist du schlecht drauf, höre ich sie sagen.

Ich bemühe mich. Ich versuche es. Gut drauf sein. Aber es scheint mir nicht zu gelingen. Ich will doch nur ein bisschen verstanden werden. Ein bisschen unterstützt. Mal in den Arm genommen werden. Verständnis gezeigt bekommen. Mich wenigstens telefonisch im Alltag ein Stück begleitet fühlen.

Das Leben ist kein Ponyhof.

Diesen schlauen Satz hat eine andere Freundin ständig von sich gegeben. Sie ist auch nicht mehr eine Freundin. Verschwunden. Auch so sang- und klanglos. Auch diesen Satz muss ich mir vergegenwärtigen: keine Erwartungen, keine Erwartungen. Du musst dich selbst analysieren. Du musst dich selbst coachen. Du musst frisch, stolz, klug, auf jeden Fall nicht erbärmlich und bedürftig sein. Ja, dann kannst du auf die freundschaftlichen Kontakte zählen. Aber ich bin erbärmlich und man sieht es mir auch an. Schon allein der Blick in den Spiegel zeigt deutlich mehr Falten als noch vor ein paar Tagen. Die Mundwinkel hängen leicht nach unten. Irgendwie könnte Frau Merkel meine Schwester sein. Bitte, nur nicht verbittert aussehen. Das kommt gar nicht gut. Aber meine Bedürfnisse oder Wünsche werden nicht erhört. Und so bleiben auch die beiden engsten Freundinnen im Aus. Aus und vorbei.

Dann stirbt auch noch eine andere Freundin. Hirntumor. Schrecklich. Ich bin fassungslos. Habe auch ein schlechtes Gewissen. Ich hätte mich mehr um sie kümmern müssen. Eine hochintelligente Frau. Hat aber auch genervt. Über alles wusste sie Bescheid. Aber ich hatte keine Lust, zu jeder Zeit ihren Ausführungen über Zellenforschung oder Gezeiten der Meere oder der Dürre in Simbabwe, dem Kapitalismus und seinen Folgen ohne Unterbrechung zuzuhören. Irgendwer und irgendwas bleiben immer auf der Strecke. Aber doch nicht ich. Ich will nicht. Ich will es auch schön und leicht haben. Wie war das mit dem Ponyhof?

Innere Unruhe, keine Zeit, keinen Ausgleich. Das Leben ist nicht leicht.

Im Gegenteil, mein Leben hat sich so komplett geändert. Nichts ist mehr wie vorher. Selbstverständlichkeiten wie Urlaub, Theater, Kino, Freunde einladen, treffen, Essen gehen, Gespräche, Diskussionen, eben Leben, das alles war einmal. Niemals zuvor habe ich diese Erfahrung gemacht. Ich bin verwirrt. Was ist schiefgegangen? Aber die Kinder kommen fast jeden Sonntag schon zum Frühstück. Ablenkung, quirliges Leben. Das tut gut. Für den Augenblick. Mehr ist nicht drin. Sind sie da, bedeutet das für mich auch rennen, hin und her, einkaufen, versorgen. Sie bringen immer einen gewaltigen Hunger mit. Ich liebe sie alle, die Kleinen wie die Großen, sogar ihren Krach, das Chaos, das innerhalb von Augenblicken entsteht. Ihre unbändige Lebensfreude, die fast immer mit sich überschlagender Stimme einhergeht. Meinem Mann tut das auch gut. Er sagt wenig, ist aber mit anwesend, der Kreis ist geschlossen, so wie es immer war. Mein Bluthochdruck macht Probleme. Vielleicht 300? Die Haut klagt über mich. Sie ist sehr gereizt. Alles juckt, entzündet sich, wird fleckig. Mein rechtes Auge ist geschwollen und knatsch rot. Sehe aus wie ein Gnom. Das Auge ist fast zu. Suche einen Hautarzt auf.

Schneller Blick, *aha, eine Kontaktallergie.*

Bekomme drei Salben verordnet. Schmiere das Auge und den Hals sorgfältig ein. Es juckt. Es entzündet sich weiter. Die Haut wird rissig. Sie schmerzt. Nach drei Monaten suche ich erneut eine Hautärztin auf.

Sieht aus wie eine Kontaktallergie. Da nehmen Sie mal Kortisonsalbe.

Ich versuche ihr klar zu machen, dass das ein Symptom meiner momentanen Situation ist. Sie hat Mitleid mit mir und lobt die wunderbare Salbe. Tja, was soll sie sonst machen, sie ist eine Hautärztin. Da inzwischen meine Arme auch noch erblühen, würde ich mir alles draufschmieren was der Markt so hergibt. Alles zu viel. Alles zu wenig. Mir geht die Puste aus. Fühle mich geschwächt, fast krank, gereizt und genervt. Auch bei meiner Jüngsten zeigen sich jede Menge körperliche Beschwerden. Außerdem ist ihr bisheriger Weg alles andere als gerade verlaufen. Der Schlaf ist gestört, dadurch wird auch der Tag zu einem Problem. Ständiges Erschöpftsein ist die Folge.

Es fühlt sich an, als wenn ein Lastwagen über mich gefahren ist. Ihr Blick, traurig und irgendwie hoffnungslos. So schaut sie mich an.

Wir schaffen das, muntere ich sie auf. Was soll ich sonst sagen?

Seit der ersten Diagnose sind Monate vergangen. Die Schwere der Aufgabe mit meinem Mann nimmt zu. Endlich im Dezember schalte ich einen Pflegedienst ein. Zwei nette Frauen teilen sich meinen Mann an zwei bis drei Tagen in der Woche. Er lässt sich aber nicht von ihnen pflegen. Also geht das morgendliche Baden für ihn und mich weiter. Nun meldet sich auch noch mein Rücken. Obwohl ich versuche rückenschonend beim Festhalten, Aufstehen, Baden zu verfahren. Zuerst ist es trotzdem erleichternd. Immerhin bringen sie fast immer gute Laune mit, und ich fühle mich menschlich unterstützt. Da sind noch zwei, auf die ich zählen kann. Das beruhigt. Dann, im folgenden Winter, im Januar, bekommen wir drei, meine Tochter, mein Mann und ich die Grippe. Es geht uns richtig schlecht. Wir können gar nichts machen. Wäre da nicht eine sehr nette junge Nachbarin, hätte sich unser Hund im Haus verewigen müssen. Darüber hinaus versorgt sie uns mit einer Rindfleischbrühe, die sich wohlig in unserem Körper verteilt. Mein Mann darf auf keinen Fall eine Lungenentzündung bekommen. Das Schlucken ist für ihn langsam ein Problem, auch das Ab-husten. Das kann sich dann bei einer Erkältung zu einer Lungen-entzündung ausbreiten. Er bekommt eine Lungenentzündung.

Mit hohem Fieber, Gliederschmerzen habe ich in der Nacht sein uriniertes Bett frisch bezogen, ihn gewaschen, angezogen. Er ist ebenso fiebrig, schwach und kann sich aus eigener Kraft nicht hal-ten. Am nächsten Morgen holt ihn der Krankenwagen ab. Uniklin-ik. Meine Tochter und ich fahren hinter dem Krankenwagen her. Dort herrscht die totale Hektik. Sie haben ihn in einem Drei-Bett-Zimmer untergebracht. Die Tür steht permanent offen, ein Rein und Raus. Unruhe dominiert hier. Sein Herz wird untersucht. Vor-hofflimmern, ganz schlimm, am besten man setzt einen Stent. Hatten wir schon, denke ich. Seine Grippe interessiert nieman-den. Am nächsten Tag finde ich ihn in dem nach wie vor völlig überfüllten Krankenhaus. Sie haben ihn in den Gang geschoben. Es zieht wie Hechtsuppe. Ich versuche mit ihm zu reden. Doch ständig muss ich dem pulsierenden Treiben einer Uniklinik aus-weichen.

Warum liegt er hier? Frage ich.

Genervte Antwort: ***Der steht ständig auf! Er muss unter Kontrolle bleibe!***

Aha. Nach vier Tagen soll er in eine geriatrische Klinik.

Auf keinen Fall dorthin. Da war er schon mal, und das war unter aller Sau, empöre ich mich.

Die Sekretärin fragt nach, und ich berichte ihr über die gemachten Zustände und Erfahrungen.

Auf keinen Fall, betone ich nochmals.

Sie hat noch einen anderen Vorschlag parat, und so wird mein Mann per Krankenwagen dorthin verfrachtet.

Als ich gerade in mein Auto steige, um zu ihm zu fahren, klingelt mein Handy. Der Arzt am anderen Ende will mich kennenlernen.

Es geht hier um Sie, sagt er.

Hä? Ich verstehe nicht. Wieso um mich?

Er klingt sehr freundlich, überhaupt nicht gehetzt und sehr interessiert. Als ich ankomme, erwartet er mich schon. Er ist jung, unkompliziert und will jetzt alles über den Krankheitsverlauf meines Mannes wissen. Dabei lenkt er auch immer wieder den Blick auf mich.

Wie sind Sie in der ganzen Zeit damit umgegangen?

Ich bin verwirrt. Im Augenblick weiß ich gar nicht, wie ich damit umgegangen bin. War alles ganz normal oder nicht? Ich weiß gar nichts mehr. Da interessiert sich tatsächlich jemand für mich. Er will mir helfen, mich unterstützen. Das tut so richtig gut. Er nimmt sich sehr viel Zeit. Dann zeigt er mir am Monitor das Gehirn meines Mannes.

Schauen Sie hier: das da, er zeigt ganz oben auf die vordere Stelle*, das da ist der Stirnlappen. Dieser ist schon stark reduziert. Der baut sich so allmählich ab. Er ist für das Sozialverhalten eines Menschen zuständig.*

Ich schaue auf das Gehirn meines Mannes. Ein extrem intelligenter Mann. Dann das. Abbau des Gehirns. Unvorstellbar.

Jetzt wird mir einiges klar. Dieses sonderbare Verhalten meines Mannes – na klar, er kann gar nichts dafür. Seine enthemmten Vorwürfe, seine Beleidigungen mir gegenüber. So kannte ich ihn nicht. Niemals hätte er mich, so wie jetzt, mit „du bist eine Hexe, du bist schuld. Los geh!", betitelt. Ich habe keine Vorstellung, was das alles bedeutet. Mir ist heiß, mein Blutdruck fährt wieder ein rasantes Rennen. Kann mich nicht mehr konzentrieren. Für heute reicht es.

Drei Wochen bleibt er in der Klinik. Wir besuchen ihn alle im ständigen Wechsel. Er ist dort sehr gut aufgehoben. Ein Unterschied wie Tag und Nacht zu der anderen Klinik. Ein super Eindruck vom Krankenhaus und seinem Personal. Freundlich, zugewandt, es ist hell und freundlich. Der Arzt hat immer für mich Zeit. Dass es auch mal so laufen kann, erleichtert uns allen diese Zeit. Der Arzt drängt mich, ihn in ein Pflegeheim zu geben. Laut seines Erfahrungswertes werde ich daran kaputt gehen.

Damit ist Ihrem Mann auch nicht geholfen. Und glauben Sie mir, Sie werden so oder so immer ein schlechtes Gewissen haben. Aber das ist eine fortschreitende Erkrankung, der Sie nicht Herr werden können. Überlegen Sie es sich.

Ich stehe ständig unter Strom. Wäge ab. Meine Gefühle fahren Achterbahn. Spreche mit meinen drei Kindern. Die beiden Älteren, die schon selbst eine Familie haben, möchten ihren Vater nicht so gerne in einem Heim sehen.

Aber im Endeffekt musst du das entscheiden, sagen sie.

Die Jüngste, die mit mir schon den Stresstest erlebt hat, ist dafür, wenn auch mit einem schlechten Gewissen. Ich ziehe mich auf die sachliche Ebene zurück und beantrage schon mal bei der Beihilfe und der Krankenkasse einen Heimplatz. Wie teuer ist so ein Platz? Was zahlt die Pflegekasse? Ich schaue mich in der näheren Umgebung um und werde fündig. In einem Zweibettzimmer wird ein monatlicher Betrag von 4200 € fällig. Was, so viel? Ich bin erschlagen. Von dem Betrag zahlt die Pflegekasse 1775 €. Schock. Mal sehen, was die Beihilfe und die Kasse noch dazu geben.

Nichts, gar nichts. Ich bekomme nach einigen Wochen den Bescheid. Wir haben zu viel Geld.

Wieso? Verstehe ich nicht. Frage ich am Telefon.

Man erklärt mir, dass zu viel Geld vorhanden ist. Verstehe ich immer noch nicht.

Sie haben doch eine Rechnung vom Brutto erhoben. Beschwere ich mich. *Davon habe ich doch gar nichts. Ich habe doch nur das, was ich Netto in der Hand halten kann. Davon geht die Miete ab, Versicherungen und all das, was jeder Haushalt ebenso ausgeben muss.*

Er erklärt mir nochmals, dass die Rechnung stimmt, dass das vom Gesetzgeber so vorgesehen ist und hält mich offensichtlich für bescheuert. Die Krankenkasse zahlt ebenfalls nichts dazu. Jeden Monat das Defizit von 2200 € ausgleichen, wie soll das gehen? Was mache ich bloß? Würde das denn überhaupt finanziell funktionieren?

Eine Zeit des Stresses. Emotional und körperlich. Alles dreht sich nur noch um ihn. Was passiert jetzt mit ihm? An die quälende Frage, ob ich ihn ins Heim geben kann oder nicht, rückt die nächste Frage – wird das überhaupt irgendwie finanziell funktionieren. Es geht nicht. Ich habe sämtliche feststehenden Kosten aufgelistet, zusammengerechnet und vom Netto abgezogen. 450 € für den Monat bleiben übrig.

Musst du eben umziehen, in eine kleine Wohnung. Eine Bekannte weiß Bescheid, wie man in einem solchen Fall vorgeht.

Kann ich nicht. Nicht jetzt. Noch eine Baustelle? Gerade jetzt brauche ich mein Heim. Meine Umgebung. Meine Natur, die mich mit Energie speisen kann. Das ist die einzige Sicherheit, die ich noch verspüre. Ich weiß doch auch gar nicht, wie sich seine Krankheit gestalten wird. Wie lange dauert so ein Zustand? Nein, das darf ich gar nicht denken. Nicht an sowas. Das ist verboten. Aber ich denke es doch und komme mir schäbig vor. Hier geht es doch nicht um dich. Hier geht es um deinen Mann. Er ist krank. Nicht du. Er muss mit dieser elendigen Krankheit leben. Nicht du. Also stell dich nicht so an. In mir sträubt sich alles. Ich muss doch aber auch irgendwo bleiben. Muss mich zuhause fühlen. Muss mein Leben auch irgendwie gestalten. Um Zeit zu gewinnen, habe ich einen Platz für die Kurzzeitpflege organisiert. Und bin furchtbar aufgeregt, als ich ihn dorthin bringe.

Es ist nur vorübergehend.

Meine Stimme klingt unecht. Versuche beruhigend und harmlos zu tönen. Er lässt geschehen. Fühle mich schlecht. Er will es nicht. Und ich tue es trotzdem. Also läuft mein schlechtes Gewissen ständig mit. Bin angespannt. Habe sicher wieder 300/300 Blutdruck mmHG.

Gleich am ersten Abend stürzt er. Anruf. Fahre ins Krankenhaus. Na toll! Umsonst. Der Krankentransport ist schon wieder auf dem Rückweg ins Pflegeheim. Also wieder zurück. Zeitgleich kommen wir im Heim an. Mein Mann sitzt wie ein armes Menschlein im Krankenwagen. Der Kopf ist verbunden. Er ist am Ohr genäht worden. Vorsichtig wird er aus dem Krankenwagen herausgeholt. Ich begleite ihn ins Heim, in sein Zimmer. Es ist ein Zweibettzimmer. Sein Bettnachbar murmelt irgendetwas. Wir verhalten uns leise, es ist still auf der Ebene. Alles scheint schon zu schlafen. Ich helfe ihm ins Bett. Verabschiede mich mit schlechtem Gewissen. Oh

Gott, der Arme. Wie muss er sich fühlen. Verlassen und verlassen werden. Dunkel und Dunkelheit. Kein Entrinnen, kein Hoffen.

Ich besuche ihn jeden Tag. Es ist gar nicht so schlimm, wie ich dachte. Die Pflegerinnen machen überwiegend einen guten Eindruck. Naja, an die Hygiene muss man sich erst mal gewöhnen. Einmal die Woche wird der zu Pflegende gebadet oder geduscht. Das ist wenig. Zumal die meisten Bewohner inkontinent sind. Viele leiden unter Speichelfluss. Das ist natürlich keine ausreichende Hygiene. Es muffelt. Das Essen ist ganz zufriedenstellend. Jeden Tag fragt mich mein Mann, wann er nach Hause kommt.

Bald, sage ich.

Ich bin immer froh und schnappe nach frischer Luft, sobald ich das Heim verlasse. Meiner Tochter und mir geht es etwas besser. Wir fühlen uns nicht mehr ganz so angespannt. Die nächtlichen Stürze bleiben aus. Manchmal hört man einen Knall. Er ist nur im Inneren des Kopfes. Das ständige Lauschen befreit sich langsam aus dem Nebelfeld. Das ist doch schon mal was. Unser Zuhause ist wieder ein Stückchen unser Zuhause.

Das tägliche Rausgehen mit ihm macht fast Spaß. Wir tuckern gemütlich mit dem Rollstuhl durchs frühlingshafte Dorf. Hier und da zeigen sich vorwitzige Krokusse. Das Schieben ist sogar ein Kraftakt, also mache ich so ganz nebenbei Sport. Es geht steil bergauf. Man braucht eine dreiviertel Stunde, um zum Kaffeetrinken ins Gartenlokal zu kommen. Mein Mann ist in eine Decke gewickelt, der zarte Frühling zeigt sich noch von seiner kühlen Seite. Unterwegs bleiben wir an den Vorgärten stehen und beobachten die zart sprießenden Knospen, die sich langsam aus ihrer Deckung stehlen. Ein ganz besonderes Frühlingsgrün dringt nach außen. Die Schönheit der Natur spiegelt sich in unseren Herzen wider. Im

Gartenkaffee angekommen, suchen wir uns ein sonniges Plätzchen. Ein wenig fröstelnd bleiben wir trotz der Kühle draußen sitzen und blicken in den blauen Himmel. Fast ist es schön.

Das Heim ist zu teuer. Ich kann es nicht bezahlen. Was soll ich jetzt machen? Eine Lösung muss her. Ich brauche jemanden, der stets zur Verfügung steht. Also eine 24-Stunden-Kraft. Schon allein die Vorstellung stresst mich. Ich kann mir das überhaupt nicht vorstellen. Wie soll das gehen? Dauerhaft einen fremden Menschen um mich, um uns herum. Wir wohnen in einem offenen Haus. Man würde sich also ständig auf die Füße treten. Aber ich muss eine Lösung finden. Muss mich darum kümmern. Habe null Kraft. Nicht mal für die Recherche. Gott sei Dank übernimmt meine Jüngste die Suche. Sie wird schnell fündig. Mir ist alles recht, Hauptsache, wir finden ganz schnell eine Lösung. Eine deutsche und eine polnische Agentur in Zusammenarbeit. Mich wundert das allerdings etwas. Wieso nicht nur eine? Egal, ich verlasse mich darauf, was meine Tochter herausgesucht hat. Allerdings sind das dann auch 2200 € zusammen. Die polnische Agentur verdient monatlich 1900 €, die deutsche bekommt 295 € monatlich für ihre Vermittlung. Ich bekomme jedoch ein Pflegegeld von 775 €. So muss es gehen. Das Geld ist dann zwar knapp, aber es wird mit Sparsamkeit funktionieren.

Im Dorf haben schon einige Nachbarn mit 24-Stunden-Hilfen gearbeitet. Sie reden von ganz anderen Zahlen, 600-900 € weniger. Das hört sich gut an, ist aber illegal. Ich traue mich nicht. Noch eine Baustelle? Nein!

Wir füllen den vorgegebenen Fragebogen der Agentur aus. Einen Tag später finden sich schon zwei männliche Pfleger mit Foto in meiner Mail. Das ging flott. Schöpfe Land in Sicht. Ganz klar habe ich mich für den einen der beiden Männer entschieden. Ich bin zwar überrascht, dass auch Männer in diesem System vorkommen. Gut, denke ich, ist sowieso besser. Ein Mann ist stärker als eine Frau. Schließlich geht es darum, meinen Mann gut halten zu können.

Es gibt immer eine Lösung

Einmal Blattspinat auf Hummer

Das wäre doch ne tolle Nummer

Perlendes Champagnerfieber

Und im Bett schnurrt Katze Frieda

Ach ja! Wie schön! Das wäre es doch mal.

Im April ist es dann soweit. Mein Mann wird aus der Kurzzeit-pflege entlassen. Noch am selben Abend tritt der polnische Pfle-ger seinen Dienst an. Meine Kinder und ich haben nochmal sämt-liche Kräfte mobilisiert und das Nebenzimmer meines Mannes als schönes Gästezimmer mit Fernseher hergerichtet. Eine Obst- und Süßigkeitsschale als Willkommensgruß wartet nun auf seinen Be-sitzer. Mein Mann ist mit der weiteren Entwicklung der Not ge-horchend einverstanden. Er will aber schon im Bett sein, wenn der Pole ankommt. Er soll erst am nächsten Morgen seinen Dienst antreten. Wir alle gehen nun einen Kompromiss ein. Wir wissen nicht, wer da als neues Familienmitglied in unser Haus schneien wird. Ich bin nervös. Es gibt keine Option. Ich kann das nicht mehr alleine meistern. Punkt.

Dann ist es soweit. Um 21 Uhr klingelt es an der Haustür. Mit klop-fendem Herzen und bemüht forsch, öffne ich die Tür. Da steht er. Sieht genauso aus wie auf dem Foto. Er ist sehr freundlich. Ich auch. Zeige ihm sein Zimmer, frage ihn, ob er noch ein Essen ein-nehmen möchte. Er ist ganz mein Gast.   Die Verständigung ist schwierig, aber mit Händen und Füßen geht es. Er fragt nach meinem Mann. Ich mache ihm verständlich, dass er schon im Bett ist und nicht gestört werden möchte. Er zieht sich in sein Zimmer zurück und ich entspanne. Der erste Eindruck war positiv, ich bin erleichtert.

Am nächsten Morgen nehme ich ihn mit auf meine morgendliche Bade-Anzieh-Tour. Er verfolgt den genauen Ablauf des Badens, Eincremens, Anziehens. Das Frühstück bereite ich zu, zeige ihm, wo alle benötigten Utensilien zu finden sind. Mit dem Mittagessen und Abendessen verfahre ich genauso. Die Toilettengänge übernimmt er auch schon. Zwischen den beiden Männern herrscht irgendwie eine Sprachlosigkeit.

Der polnische Pfleger macht seinen Job gut. Er ist präsent, dennoch bleibt er im Hintergrund. Ruhig, leise, zuverlässig.

Was isst dieser Mann gerne? Worauf muss ich achten? Meine Balance gerät aus dem Gleichgewicht. Ist er mein Gast? Ich erwische mich dabei, ihm Gutes zukommen zu lassen. Also kaufe ich die Speisen ein, die er gerne isst. Eine Freundin rät mir, mich erst mal im Kopf zu sortieren.

ER IST FÜR DEINEN MANN DA. DU BEZAHLST IHN DAFÜR: GIB KLARE ANWEISUNGEN.

Das hört sich logisch an. Da werde ich erst mal reinwachsen müssen.

Ich will beiden Männern eine Freude machen. Für meinen Mann ist Einkaufen gehen eine schöne Abwechslung. Wir gehen also gemeinsam einkaufen. Der polnische Pfleger zieht sich erstmal um. Seine guten Sachen. Jeans, die tauscht er mit seiner Arbeitshose, einer schwarzen Sporthose. Er sieht immer adrett, gepflegt aus. Haare sind kurz geschnitten. Immer ein T-Shirt, darüber ein kariertes Hemd in blau oder auch rot. Zum Einkaufen nimmt er eine

Tasche mit, die er sich über Schulter und Bauch hängt. Den Roll-stuhl händelt er nicht so geschickt ins Auto. Ich tue es. Mein Mann sitzt neben mir. Der polnische Pfleger hinten. Es geht los. Aldi. Rollstuhl wieder raus, Mann rein, Pfleger schiebt. Normalerweise düse ich durch die Gänge. Alles ist an seinem Platz, könnte die Produkte auch im Dunkeln finden. Daher werde ich sauer, wenn sich der Manager einfallen lässt, die Produkte in anderer Anord-nung zu platzieren. Aldi will mich ganz klar ärgern. Wieso, bitte schön, stehen jetzt Zucker und Mehl dort, wo vorher Öl und Essig gelagert haben? Was macht das für einen Sinn, wenn Butter jetzt seinen Platz mit Joghurt tauschen muss? Verwirrung und manch-mal auch lauthalser Ärger machen sich bei mir Luft.

Der Pfleger bleibt mit meinem Mann zurück. Aufmerksam ver-gleicht er Preise. Er will, dass ich von Büchsen, Packungen, Billig-produkten gleich eine Palette kaufe. Gibt mir zu verstehen, dass es besser ist, wenn ich statt des Seifenspenders Nachfüllpackun-gen kaufe. Hat er Recht. Eine Zeitlang versuche ich es. Dann nervt es. Der Spender wird unsauber und unappetitlich. Unser Koffer-raum ist nun um den Rollstuhl herum vollbepackt. Das Auspacken strapaziert. Wohin mit dem ganzen Zeug? Der Pfleger will nur Sandwichbrot essen. Die großen Scheiben. Da ist er auch ganz ge-nau. Drei Packungen, darauf hat er bestanden. Zwei davon bun-kert er sofort in seinem Zimmer. Vielleicht hat er Angst, dass ein Notstand ausbricht? Er isst dieses Brot nicht nur vorübergehend, sondern dauerhaft. Wir überlegen, ob er Zahnprobleme hat. Er möglicherweise nicht richtig kauen kann. Aber spätestens nach seinem zweiten Einsatz ist klar – der Pfleger isst nur dieses Brot. Darauf kommt dick Butter, Quark und Apfelmus oder aber auch Marmelade. Alles ganz dick. Vier Scheiben zum Frühstück. Abends die gleiche Menge, nur mit Wurst und Käse. Der Kühlschrank ist gefährlich voll. Wir müssen die Produkte stapeln. Das ist sehr un-bequem, weil man sich jedes Mal vor den Kühlschrank hinknien muss, um an den Wunschartikel zu kommen. Dort herrscht nun absolutes Chaos. Im Brotkasten auch. Mein Mann will nur das Dinkelbrot, der Pfleger Sandwichbrot. Sprudel, Wasser, Fanta, Ginger Ale müssen auch ständig vorhanden sein.

Die Prozedur des Einkaufens zu Dritt werde ich nicht noch einmal wiederholen. Zu stressig für mich. Es dauert das Dreifache an Zeit. Die Beharrlichkeit des Pflegers nervt. Ich habe mein System. Er hat sein eigenes, dass er gerne für sich anwenden kann. Ich gehe wieder alleine einkaufen. Zack. Das war's!

Er ist sehr korrekt, hat festgelegte Vorstellungen. In der Pflege mit meinem Mann ist das eine sehr gute Sache. Die Abläufe sind immer gleich. Er ist bemüht, alles richtig zu machen. Er beobachtet die Abläufe und überlegt sich, wo er etwas verbessern kann. Eine Rampe für den Eingang wird erstellt. Nun rollt es sich leichter mit dem Rollstuhl. Ich lobe ihn, er ist stolz auf sich.

Er hat eine praktische Ader. Wenn er zum Beispiel das Öffnen der Zimmertür meines Mannes nicht hört, kann es passieren, dass mein Mann stürzt. Also hat er sich einen funktionierenden Trick überlegt. Die Idee, eine leere Plastikwasserflasche schräg an die Tür zu lehnen, ist Patent verdächtig. So eine Flasche macht richtig lärm und schnell ist man bei ihm.

Die ersten Wochen verlaufen auf allen Seiten recht motiviert. Ich nehme mir täglich Zeit, mit dem Pfleger Gespräche zu führen. Wir bleiben nach dem Essen etwas länger sitzen. Ich staune nicht schlecht, als ich etwas über seine esoterische Ader erfahre. Er überrascht uns alle immer wieder mit seiner spirituellen Lebensweise. Die Tage sind nun etwas leichter und sogar unterhaltsamer geworden. Für mich fallen schon mal die morgendlichen Waschungen weg. Auch die Toilettengänge sind seine Aufgaben. Er setzt sich den lieben langen Tag neben meinen Mann, der irrsinnig laut Fernsehen schaut. Den ganzen Tag. Der Pfleger liest oder spielt mit seinem Handy. Manchmal zeigt er uns Fotos von seiner Familie. Er hat schon ein Enkelkind. Er wird nicht müde, uns die Videos von der Kleinen zu präsentieren.

Allerdings überhört der Pfleger so manchen nächtlichen Sturz meines Mannes - trotz der Flasche. Er hat wohl einen beneidenswerten Schlaf! Je nachdem, wie mein Mann gefallen ist, hebe ich ihn alleine auf, bringe ihn ins Bett. Manchmal liegt er aber so unglücklich, dass ich Hilfe brauche. Ich rufe nach dem Pfleger. Irgendwann springt er dann schockerstarrt auf, um dann verwirrt zu helfen. Das dauert. Für mich sind die Nächte nach wie vor gestört. Eine wirkliche Entspannung ist so weit weg, wie die Sonne von der Erde.

Mein Elixier ist die Natur. Täglich nutze ich sie, mit Hund und Fahrrad geht es durch Felder und Wald. Ein Dankes-und-Wunschgebet ins Universum begleitet meine Gedanken. Das hilft. Manchmal. Nicht immer. Gar nicht. Je nach Stimmung, die so ihren eigenen Weg geht. Fehlende Freunde. Den Alltag, den man ständig alleine bewältigen muss. Das Nicht-teilen-können. Der ewig gleiche Ablauf, ohne Aussicht auf positive Veränderung. Wir schlittern in die Isolierung. Kräfte werden mobilisiert, wenn die Kinder kommen. Wenn Besuch aus Berlin kommt. Ansonsten Stillstand. Körperliche Beschwerden. Sie nisten sich unwiederbringlich in Magen, Darm, Haut, Nägel, Augen ein. Dann geht es wieder etwas besser. Es wechselt dauernd. Nichts ist zuverlässig. Nur der Abgrund. Wir machen weiter.

Nächster Morgen. Aufstehen. Höre die Geräusche aus dem Bad. Er wird gewaschen. Der Pfleger spricht aber nie mit ihm. In der Küche erhält mein Mann sein Frühstück. Alleine. Der Pfleger bereitet es zu, sitzt aber nicht bei ihm. Ich höre, wie er das Bett fertigmacht. Beklemmend gehe ich in die Küche. Versuche ein Gespräch mit meinem Mann zu führen. Er ist nicht gesprächig. Manchmal treffe ich ihn aber auch so an, dass sein Oberkörper schräg nach vorne gekippt ist und er es nicht alleine aus dieser misslichen Lage herausschafft. Erbärmlich. Ich bin geschockt.

Was machst du denn da alleine? Wo ist X?

Er weiß nicht, wo der Pfleger ist. Ich bringe ihn in eine entspanntere Haltung. Er tut mir unendlich leid. Beuge mich liebevoll zu ihm.

Sollen wir rausgehen? Frage ich ihn.

Er nickt. Ich packe ihn in den Rollstuhl. Die Natur öffnet ihre Pforte für uns. Manchmal können wir fast ein Gespräch führen. Nur nicht so flüssig. Nur nicht in ganzen Sätzen. Unsere Familie hört sich in sein Gebrabbel rein. Trotzdem weiß man manchmal nicht so genau, was er sagen will. Manchmal steigt in uns der Gedanke auf, dass er jetzt vielleicht doch dement wird. Und manchmal ergibt sich aber erst viel später ein Zusammenhang aus seinen unzusammenhängenden Worten. Aber es gibt einen.

Es ist anstrengend, seinen Rollstuhl zu schieben. Ein sogenannter Leichtrollstuhl. Da möchte man nicht wissen, wie sich ein "normaler" Rollstuhl schieben lässt. Im Wald und auf den Feldern wird das Schieben zur Herausforderung. Da kann man schon mal durch einen kleinen Stock oder ein Steinchen ausgebremst werden. Durch den starken Ruck muss ich aufpassen, dass mir mein Mann nicht aus dem Sitz plumpst. Meine Handgelenke schmerzen, aber er ist zufrieden. Manchmal fordere ich ihn dazu auf, in den Himmel zu schauen. Er tut es. Seine Grundhaltung ist aber krumm und nach vorne geneigt. Ich versuche dann, seine Augen in die Himmelsrichtung zu lenken.

An einer Weggabelung steht eine Bank, direkt unter einem Kastanienbaum.

Komm, lass uns hier mal ausruhen. Ist so ein schönes Wetter. Ich mache es mir auf der Bank gemütlich.

Wir beobachten wie von links oder rechts Jogger, Paare, einzelne Spaziergänger an uns vorbeimarschieren. Wir sind ein Hingucker. Alles was man nicht ständig sieht, wird vom Menschen in Augenschein genommen. Wie Kinder, die völlig direkt und fragend einen Menschen oder eine Situation beobachten. Völlig wertfrei.

Ich werde albern.

Jetzt fehlt uns nur noch Champagner, dann könnten wir hier so richtig Party machen. Stell dir mal vor, wir würden jeden, der uns beäugt auf ein Gläschen einladen. Na, auch ein Schlückchen? Und Sie auch? Na klar, kommen Sie, wir trinken aufs Leben. Ich muss lachen und steigere mich immer mehr in dieses Szenario hinein.

Was für ein Bild. Zwanzig, dreißig Leute, die sich um unsere Bank drapieren, Champagner trinken, fröhlich plauschen, in Stimmung geraten, so ganz normal eben. Normal? Was ist schon normal. Wir beide haben jedenfalls Spaß. Mein Mann lacht, das ist schön!

Wieder zurück im Haus, schaltet er gleich den Fernseher ein. Lautstärke 50. Die Fernbedienung hält er fest umschlossen, wie ein wertvolles Juwel. Er gibt sie nicht aus der Hand. Manchmal hört er sogar auf meine Bitte, das Ding leiser zu schalten. Aber es dauert nicht lange und der laute Schall durchdringt das ganze Haus. Er ist stur. Aber das war er schon immer. Ich überlege, ob sich seine Persönlichkeitsmerkmale besonders verändert haben. Ja, haben sie. Er ist misstrauisch, ohne Vertrauen, ergeht sich in Vorwürfen, ist anklagend. Andererseits sitzt er alles aus. Auch eventuelle Schmerzen. Er muss Schmerzen haben. So oft wie er hinfällt. Immer auf die gleichen Stellen. Rund um seinen Kopf, kann man die Narben schon zählen. An Hüfte und Beinen zeichnen die Hämatome eine regelrechte Kraterlandschaft. In schöner Regelmäßigkeit behandeln wir seine Stürze. Er sitzt sie aus. Er ist ein sehr ruhiger, sturer, grantiger, ablehnender, niederschmetternder, trauriger, alter Mann geworden. Er hat alle diese erworbenen Eigenschaften in sich versammelt, sie in sich hineingesponnen, wie ein Insekt im Spinnennetz hat er sich verirrt.

Die ganze Familie befindet sich ständig im Wechselbad der Gefühle. Er ist der Kranke. Für ihn wollen wir alle das Beste aus seiner Situation herausholen. Doch die Realität holt uns ein. Es funktioniert nicht. Jedenfalls nicht dauerhaft. Heute geht es. Morgen nicht. Heute strömen alle Liebe und Mitgefühl zu ihm, morgen nicht. Mein Körper signalisiert die totale Abwehr. Ich will nicht. Wo früher ein männlicher, sexy Po war, wabert heute eine Hygienepants unter seiner Jogginghose. Die sind am bequemsten. Da drückt nichts, sind leicht an- und auszuziehen. Wo früher ein schönes, starkes, männliches Muskelspiel an seinen Oberarmen zu bewundern war, hängt heute unkontrolliert faltige Haut. Trotzdem steckt in seinen knöchernen Händen eine enorme Kraft. Er kneift oder drückt einem die Hände, zerquetscht sie regelrecht, wenn man ihn nicht versteht. Er tut uns richtig weh. Auch dem Pfleger. Der hat eine merkwürdige Angewohnheit. Er beugt sich nah zu meinem Mann und fragt ihn irgendetwas. Nun ist mein Mann kein Freund von Nähe mit eher fremden Menschen. Doch der Pfleger rückt ihm dabei gnadenlos auf die Pelle. Sein Kopf berührt gefährlich den meines Mannes. Er will eigentlich nur fragen, ob dieser etwas trinken will. Schade für den Pfleger. Zielgerichtet verpasst mein Mann ihm eine Kopfnuss. Peng! Der Pfleger ist paralysiert. Er bemüht sich darum, es sich nicht anmerken zu lassen. Wir Anwesenden tun auch so, als sei nichts geschehen. Ich lerne meinen Mann aus einer völlig fremden Perspektive kennen. Dieses Verhalten an ihm ist mir unbekannt und auch befremdlich.

Nach sechs Wochen hat der Pfleger seinen ersten Einsatz bei uns bestanden. Ein Wechsel findet nun statt. Wieder Aufregung. Wieder Veränderung. Das macht Stress. Diesmal erscheint eine Frau, ende Vierzig. Sie ist sehr schmal, fast kindlich von ihrer Statur. Einen Meter sechzig klein und dreiundfünfzig Kilo leicht.

Wie soll das gehen? Frage ich mich.

Wie will sie denn meinen sturzgefährdeten Mann von einem Meter achtzig und achtzig Kilo halten? Ich frage bei der Agentur nach. Dort erklärt man mir, dass die Pflegekräfte mit den nötigen Tricks und Tipps ausgestattet werden. Ich solle mir keine Gedanken machen, das würde genauso gut klappen wie bei dem männlichen Pfleger. Sie hätten eben gewisse Griffe parat, die uns **Normalos** unbekannt wären.

Aha. Beruhigt bin ich nicht. Ich habe mich doch selbst "Learning by doing" zum unschlagbaren Profi entwickelt. Ich bin aber auch einen Meter fünfundsiebzig groß und habe wenigstens vierundsechzig Kilos drauf.

Die Perle ist also da. Entsprechend der frühlingshaften Temperaturen trägt sie ein kurzes Röckchen, ärmelloses Shirt, schönes Outfit. Die Perle sitzt gerne und lange auf der Terrasse in der Sonne. Wahlweise sitzt sie aber auch auf ihrem Balkon, der direkt an ihrem Zimmer angrenzt. Wiederholt rufe, brülle ich nach unserer Perle, da sie oft nicht auffindbar ist. Mein Mann ist demzufolge über einen längeren Zeitraum unbeaufsichtigt. Gefühlt stelle ich das täglich fest. Manchmal hört sie gar nicht. Kann sie auch nicht. Sie hat ihre Zimmertür vorsichtshalber geschlossen. Ich stürme dann schon mal in ihr Zimmer, weil sie auch auf mein

Klopfen an der Tür nicht reagiert. Irgendwann stehe ich wie eine Furie vor ihrer Zimmertür:

Kommst du bitte, bemühe ich mich trotzdem um eine gewisse Höflichkeitsform. Sie lässt gelangweilt die Zeitschrift sinken und schleicht grinsend an mir vorbei. Ich werde richtig sauer.

Du unten, bei Mann, kapiert? Zische ich.

Dann passiert natürlich genau das, was eigentlich nicht passieren sollte. Zufälligerweise steht die Perle am Vormittag genau neben meinem Mann. Dieser hat sich schwerfällig vom Sessel aufgerichtet, um sich fortzubewegen. Vielleicht wollte er die verloren geglaubte Fernbedienung suchen? Vielleicht wollte er auch auf die Toilette gehen? Vielleicht aber wollte er sich einfach nur bewegen. Jedenfalls höre ich mal wieder den mir so bekannten Knall. Ich bin gerade auf dem Weg ins Wohnzimmer und sehe zeitversetzt wie in den alten Filmen – als die Bilder laufen lernten – den Ablauf des Sturzes.

Über den Couchtisch liegt mein Mann, über ihm die Perle. Beide sind nicht fähig, sich aus der misslichen Lage zu befreien. Also sammle ich erst die Perle von meinem Mann und hieve dann ihn wieder in die richtige Position.

Die Perle ist ganz weit davon entfernt, eine Perle zu sein. Sie ist unzuverlässig, gelangweilt und dreist. Ich verlasse das Haus nur, um einkaufen zu gehen.

Sie scheint immer genervt zu sein, wenn sie mit **Mann** zu tun bekommt. Ich glaube, sie hat den falschen Job gewählt. Am Ende von fünf Wochen ist sie urlaubsgebräunt und ich fertig mit der Welt.

Wieder Personalwechsel. Gott sei Dank! Große Freude bei ihm und uns. Der Pfleger kommt quasi nach Hause. Umarmung bei der

Begrüßung. Wir sind uns freundschaftlich schon sehr nah gekommen. Er gehört quasi zur Familie. Er macht seine Sache gut, ein erprobter Pfleger. Die Enkelkinder gehen auf ihn zu, so als wäre er ihr zweiter Opa. Er hatte seine Hausschuhe vorsichtshalber bei uns gelassen. Ein gutes Zeichen war das. Doch da fällt mir allmählich auf, dass mein Mann nicht positiv auf ihn reagiert. Er fängt an, ihn bei der einen oder anderen Gelegenheit nachzuäffen. Er äfft seine Stimme nach und macht die gleichen Handbewegungen treffsicher nach. Die wirken schon manchmal sehr grotesk. Er spreizt sie vom Körper ab. Es wirkt ein bisschen wie das Watscheln von Enten, nur mit den Händen. Mir ist das unangenehm. Der Pfleger tut wieder so, als merke er nichts. Langsam, aber sicher wird mir klar, dass die Männer einen Konflikt haben. Ich weiß nur noch nicht welchen. Sie kabbeln sich. Es nervt. Mein Mann ist total aggro. Ich rede mit ihm. Er bleibt aggro. Ich rede wieder mit ihm.

Schau doch, er will dir doch nur helfen.

Er bleibt aggro. Er ist stur. Ich bin sauer auf ihn. Die Atmosphäre leidet darunter. Einzig der Sommer trägt uns.

Dann plötzlich qualvolles Brüllen meines Mannes. In Dauerschleife. Was ist los? Mir schnürt es die Kehle zu. Es macht Angst. Er brüllt. Ich kann nicht zu ihm durchdringen. Er brüllt. Er brüllt noch den ganzen Abend. Inzwischen haben meine Tochter, der Pfleger und ich versucht, ihn zu beruhigen. Er reagiert nicht. Er brüllt bis in den späten Abend, dann ist Ruhe. Endlich. In meinen Gliedern spüre ich jetzt erst die Unruhe, die Angst, im Herzen, im Magen. Jede Faser meines Körpers ist in Aufruhr. Da blubbert und kribbelt es. Am nächsten Morgen fängt er wieder mit dem Brüllen an. Ich rufe unseren Hausarzt an. Er scheint überfordert zu sein.

Rufen Sie doch den Krankenwagen, rät er mir. *Da wird er dann eingewiesen und medikamentös eingestellt.*

In meinem Kopf entspinnen sich Horrorszenarien. Klapse. Fixierung. Stilllegung eines Menschen. Meines Mannes. Nein, auf keinen Fall. Das lasse ich nicht zu. Wahrscheinlich hat er Angst und kann sich nicht entsprechend äußern. Mir macht das auch Angst. Was soll ich bloß machen? Ich überlege. Da fällt mir der nette Arzt aus dem Krankenhaus ein. Mit zittrigen Händen suche ich die Nummer heraus. Die Sekretärin teilt mir mit, dass der Arzt in einem Gespräch ist. Später soll ich anrufen. Ich bin nervös. Die Minuten verstreichen im Slow-Motion-Takt. Besetzt. Ich werde gleich verrückt. Dann endlich. Seine Stimme. Ich erkenne sie wieder. Er ist nicht ganz so freundlich, wie ich ihn in Erinnerung hatte. Aber immerhin. Er nennt mir ein Beruhigungsmittel, nicht ohne mir mit auf den Weg zu geben, dass dafür ja wohl mein Hausarzt zuständig wäre. Ich bedanke mich. Rase zur Apotheke. Er wird das Mittel nicht nehmen. Wie ein Mantra labere ich diesen Satz der Verzweiflung vor mich her.

Zuhause angekommen, will mich mein Mann sprechen. Ich bekomme sofort Herzrasen. Was will er denn? Ich registriere meine Gefühle so am Rande. Mein Bewusstsein ist noch ganz weit weg von seinem Krankheitsbild, seinen Auswirkungen, seinem Zustand. Steht irgendein Problem an? Habe ich etwas falsch gemacht? Macht er jetzt Stress? Ich bin noch nicht soweit. Ich weiß noch nicht, was los ist. Ich weiß nicht, wie es sich anfühlt für ihn endgültig Verantwortung zu übernehmen.

Mit dem Rollator geht mein Mann also zielstrebig bei schönstem Sommerwetter in den Garten. Welche Idylle. Die Katze springt auf den Baum. Der Hund schaut voller Neid hinter ihr her. Wie macht sie das nur? Denkt er sich wahrscheinlich.

Ich schaue meinen Mann an. Was will er mir denn jetzt sagen. Er fängt brüchig an.

Der Pfleger, klagt er. *Der Pfleger soll gehen.*

Er hat ihn neulich nicht aufgehoben. Er hätte stundenlang im Garten liegen müssen und auf Hilfe gehofft. Dass alles erzählt er im Zeitlupentempo mit Wortfindungsschwierigkeiten. Er hätte gerufen. Dann kam ein elfjähriger Nachbarsjunge, der oft bei uns im Garten sitzt, am Zaun vorbei. Er hat meinen Mann dort liegen sehen. Natürlich hat er ihm geholfen aufzustehen. Auch andere Nachbarn wären vorbeigekommen und hätten ihm geholfen.

Hm. Ich kann das irgendwie nicht glauben. Mein Mann ist glaubwürdig. Jedenfalls habe ich ihn immer als solchen erlebt. Ich bin verwirrt. Was fange ich denn jetzt damit an? Während ich noch überlege, bringt der Pfleger ein kleines Tablett. Darauf befindet sich ein Messbecher, darin, ich denke, ich sehe nicht richtig, das Beruhigungsmittel. Er stellt das Ensemble in die Mitte des Tisches. Dann geht er wieder. Und ich traue meinen Augen nicht. Mein Mann beugt sich vor, greift nach dem kleinen Becher. Er setzt es an seine Lippen. Meine Tochter und ich halten den Atem an. Wir verfolgen seine verlangsamten Bewegungen. Und da, jetzt trinkt er doch tatsächlich den Schluck. Wir warten. Es dauert keine fünf Minuten, und mein Mann scheint richtig ausgeknockt zu sein.

Mit großer Anstrengung gelangen wir beide in den ersten Stock. Dort verfrachte ich ihn ins Bett. Er schläft sofort ein. Ich atme erstmal auf. Schon nach zwei Stunden sitzt er wieder vor dem Fernseher. Geschrien hat er seitdem nicht mehr.

Wir quälen uns jetzt alle gemeinsam über die nächsten Tage. Keiner spricht mehr über das Schreien meines Mannes. Den Gesprächen mit dem Pfleger gehe ich aus dem Weg. Die Luft ist raus. Mich beschäftigt das Anliegen meines Mannes hinsichtlich des

Pflegers. Was wollte er mir tatsächlich sagen? Was hat es mit ihm und dem Pfleger auf sich?

Ich spüre nur die schlechte Energie zwischen den Beiden.

Am Abend hänge ich nur noch schwach vor dem Fernseher. Ich bin froh, dass sich die beiden Männer verzogen haben. Der Pfleger bringt meinen Mann schon gegen zwanzig Uhr ins Bett.

Ich verhalte mich ganz leise in der Hoffnung, dass mich keiner mehr stört. Ich habe einfach keine Kraft. Zu nichts. Kann mich nicht unterhalten. Will nichts sehen. Mich einfach nur berieseln lassen. Doch schon höre ich meinen Mann die Treppen hinunter schlurfen. Ganz langsam. Er hält sich bei jeder Stufe am Geländer fest. Er will auch wieder Fernsehen schauen. Ich bin total angespannt. Kann nicht richtig abschalten. Denke dauernd, wann geht er endlich ins Bett. Der Pfleger hat sich längst verdrückt.

Ich oben, sagt er mir. *Du pfeifen, ich komme.*

Ja, erwidere ich fröhlich. Noch immer nehme ich Rücksicht. Denke, ach wie nett, ich brauche ihn nur zu rufen, dann kommt er. Gut, heute kommt er. Aber gestern ist er nicht gekommen. Er pennte schon süß und selig. Habe ihn nicht geweckt. Meine Energie ist ausgesogen. Niente. Nichts. Nichts geht mehr. Muss die Energie doch in Schuss halten. Brauche sie noch. Darf nicht schlapp machen. Noch lässt uns der Sommer durchhalten. Trotzdem, ich muss was für mich tun. Mich pflegen. Ausruhen. Nach Nischen suchen. Muss meine Kräfte bündeln. Auf einer meiner Hundegänge treffe ich auf eine Nachbarin. Man kommt so ins Plauschen. Sie merkt mir meine Not an.

Pass mal auf, sagt sie, *du siehst mal ganz schnell zu, dass du in eine Reha gehst. Klar!? Wenn ich aus dem Urlaub zurückkomme, dann hast du diese beantragt! Versprochen?*

Ich lächle und stimme ihr zu, allerdings in dem Glauben, dass ich es sowieso nicht machen werde. Drei Tage später ist sie in den Urlaub gefahren und oh Wunder, ich habe mir einen Arzttermin geben lassen.

Ich habe es tatsächlich getan. Kann es selber kaum glauben. Was für ein Akt. Ich sitze beim Orthopäden, bin nervös und denke, hoffentlich klappt das alles mit einer Reha. Nach eingehender Untersuchung fragt er ganz selbstverständlich, wo es denn hingehen soll. Wow, er ist dafür. Ich auch. Eine gewisse Zuversicht macht sich in mir breit. Nur noch das leidige Einreichen bei der Beihilfe und Kasse, dann warten. Hoffentlich klappt alles. Ich kann es kaum glauben, brauche nicht mal mehr zum Amtsarzt, bekomme grünes Licht. Wir haben Sommer, ich buche für Oktober. Den Sommer kann ich noch etwas leichter überstehen als den grauen Herbst oder Winter. Erst zähle ich die Monate, irgendwann werden es nur noch Tage sein. Mit meiner Tochter habe ich gesprochen. Sie wird dann alleine mit der polnischen Hilfe dastehen. Mir ist dabei nicht wohl. Sie ist mutig.

Du fährst auf jeden Fall, Mama. Ich will nicht, dass du irgendwann total schlapp machst.

Natürlich merke ich, dass es ihr schwerfällt. Hängen wir zwei doch wie Magneten aneinander, um uns täglich zu stützen. Na klar bahnt sich da auch bei mir noch ein schleichendes, schlechtes Gewissen seine Bahn. Wir sprechen offen und direkt eventuelle Schwierigkeiten an. Sollte vor Ort etwas Unvorhergesehenes passieren, sind ihre Geschwister ebenfalls schnellstens an Bord. Wann immer sie das Bedürfnis hat, kann sie mich anrufen, WhatsApp schreiben. Es wird schon gehen.

In mir Vorfreude. Im Herbst. Usseliges Wetter. Verwöhnt werden. Saunieren, Moorbäder, Massagen, feine Speisen, Berge. Ich kann es kaum fassen. Zurück bleibt dann Krankheit, Stürze, ständige Bereitschaft, Verfall, Traurigkeit, nicht wirklich helfen können, warten, ja worauf?

Die Zeit rast. Mit oder ohne Abwechslung. Sie rast auch bei gleichen Abläufen. Die Zeit kümmert sich nicht um mich, um uns. Sie rast einfach. Sie lässt uns alleine. Sie lässt meinen Mann alleine. Sie lässt uns mit Angst einfach so stehen. Mit Verzweiflung. Sie stört sich nicht mal an unseren Tränen. Sie hält auch das Aushalten von Nichtlösungen aus. Sie schert sich einen Dreck, dass wir sehenden Auges dem Ende zuschauen müssen. Die Zeit hat kein Mitgefühl mit unserer Zeit, die wir mit Zusehen verbringen müssen. Keiner hat etwas davon, von dieser Zeit. Mein Mann nicht, der am allerwenigsten etwas verändern kann. Der nicht aufstehen kann und Schluss rufen kann. Der sich ausgeliefert fühlen muss. Der nicht verstehen kann, was da mit ihm passiert. Der will, aber nicht kann.

Ich, die will und auch nicht kann. Helfen heißt funktionieren. Funktionieren heißt, das eigene Leben unter den Teppich kehren. Sehen müssen, spüren müssen, hören müssen, was da mit ihm geschieht. Ausbrechen wollen. Nein, natürlich nicht.

Nun auch noch schlaue Sprüche von nicht beteiligten Menschen über mich ergießen lassen.

Du musst auch an dich denken. Nimm dir doch mal 'ne Auszeit. Geh doch mal 'nen Kaffee trinken. Du hast es doch jetzt gut. Brauchst gar nichts mehr zu machen. Was macht der polnische Pfleger alles? Ist doch toll. Da hast du jetzt so richtig Zeit für dich. Ach, kochen kann der auch? Du solltest aber auch was essen, ich mein, du wärst ganz schön dünn geworden.

Nach sieben Wochen findet bei uns wieder mal ein Wechsel statt. Sie wollen mir doch tatsächlich wieder so ein halbes Hemd andrehen.

*Geht nicht, sage ich. **So eine kleine, zarte Frau kann doch keinen 80 Kilo Mann halten. Wir hatten doch schon das Vergnügen mit dieser Perle und ihren ausgezeichneten Fähigkeiten, leider nur nicht im pflegerischen Bereich.***

Sie bemühen sich. Schicken mir ein Foto. Bei einem Meter sechzig und neunzig Kilo Gewicht, wird sie schon die Größe mit ihrem Gewicht wettmachen können. Glaube ich. Ich muss mich schnell entscheiden, mehr haben sie augenblicklich nicht im Angebot. Also sage ich zu.

Madame kommt und mit ihr das Klischee einer polnischen Pflegerin. Ich schäme mich, dass ich so etwas denke. Aber ich denke es. Da rollt eine bebrillte Kugel auf mich zu. Ich bin erstaunt, wie schnell sich ihre Beine bewegen können. Im Sitzen hat sie ihre Arme mit den Händen entweder über ihrem Kugelbauch oder darunter. Sie sitzt sehr gerne und viel. Ein fester, stabiler Korbstuhl wird zu ihrem Lieblingsplatz. Gerne trägt sie großgemusterte, farblich rivalisierende Hängerchen. Diese Kleidung bringt ihren Körper so richtig zur Geltung. Sie isst eben gerne. Na, da wäre man nicht draufgekommen. Am liebsten **Läberwurscht.** Auch sie bunkert in ihrem Zimmer Essen. Wobei sie vielseitiger ist als der Pfleger. Viel Obst, viel Tomaten, viel Stullen mit **Läberwurscht.** Frühstück nimmt sie extra ein, Mittag essen wir gemeinsam und Abendbrot nimmt sie mit meinem Mann ein.

Aber die Madame kann gut mit meinem Mann. Hauptsache. Am Vormittag schnippelt sie hingebungsvoll Obst, das sie optisch auf einem Teller arrangiert. Das sieht schön aus, und mein Mann isst Obst. Hat er sonst höchst selten getan.

Sie schaut genau zu wie ich mit ihm umgehe und bemüht sich es gleich zu machen. Sein Zustand hat sich schleichend verschlechtert. Seine Muskulatur scheint schwächer zu werden. So auch im Hals-/Rachenraum. Speichelfluss. Ist nicht schön. Wieder ein Detail, mit dem er und wir umzugehen haben. Immer wieder etwas Neues, das Zeit und Gewöhnung braucht. Der rechte Arm ist nicht mehr funktionsfähig. Also isst er mit dem linken. Doch auch das wird zunehmend zum Problem.

Soll ich dir helfen? Frage ich ihn. Er nickt. *Ja bitte,* sagt er sehr höflich. Mich rührt das.

Madame beobachtet diese Situation. Am nächsten Tag fragt sie ihn, *h e l f e n?*

Er nickt. Sie reicht ihm das Essen an. Ich bin zufrieden. Sie ist praktisch, quadratisch, sympathisch. Allmählich wird es wieder ruhiger bei uns. Mein Mann ist nicht mehr so aggressiv. Sie macht ihre Arbeit gut. Erleichterung! Das Wetter spielt auch meistens mit. Trotzdem. Am Morgen schallt der Fernseher durchs Haus. Gleiches Spielchen.

Mach bitte den Fernseher leiser.

Er hält eisern die Fernbedienung fest.

Mach doch bitte den Fernseher leiser.

Wenn ich Glück habe, macht er es, aber nur vorrübergehend. Manchmal reagiert er auch gar nicht.

Madame ist gerade nicht im Wohnzimmer. Er steht auf, stützt sich schwerfällig auf den Rollator.

Wo willst du hin? Frage ich ihn.

Schrecklich muss sich das anfühlen, wenn man ständig gefragt wird, wo man hingehen will, denke ich. Aber die Gefahr, dass er stürzt ist, einfach zu groß. Er gibt keine Antwort.

Er geht in Richtung Toilette. Ich helfe ihm und warte vor der Tür.

Noch lasse ich Madame nicht alleine, muss erst mal schauen, ob sie das mit den Abläufen auch hinbekommt.

Sie fragt schon um zehn Uhr nach Mittagessen.

Mittagessen? Einkaufen? Läberwurscht?

Das ist ihr größter Wunsch. Mit den Portionen vertue ich mich immer. Mein Mann isst wenig. Meine Tochter und ich essen wenig bis normal. Wir haben ganz oft Magenschmerzen. Madame isst viel, sehr viel. Ich gehe viel öfter einkaufen als sonst. Im Kühlschrank knubbeln sich die Lebensmittel. Erst gehe ich zu Aldi: Getränke, Kartoffeln, Obst, Gemüse, Hygieneartikel. Dann Edeka. Komisch, dass man die gleichen Leute, die im Aldi einkaufen waren, jetzt bei Edeka wiedertrifft. Ich kaufe dort Wurst, Käse, Fleisch. Ist allerdings doppelt so teuer. Ich merke es. Mein Budget gibt das nicht her. Ich stöhne. Ich muss umdenken. Ich bin noch immer auf dem Trip, meine „Hilfen" mit Essen zu verwöhnen. Geht nicht mehr, komme mit dem Geld nicht zurecht. Bei Madame kann man wirklich sagen, dass Essen Laib und Magen zusammenhält.

Noch in ihrer ersten Woche erleben wir nachts wieder das bekannte Knallen. Mein Mann ist mit einem mörderischen Knall gestürzt. Das bekannte Gefühl, als würde das Haus zusammenstürzen, durchdringt meinen Körper. Ich bin hellwach, schlage die Bettdecke zurück, schlüpfe in meine Latschen und renne die Treppe hinunter. Madame ist gleichzeitig mit mir angekommen. Sie trägt einen sehr großen rosafarbenen Sack über einem

Nachthemd. Mein Mann liegt völlig verdreht in einer riesigen Blut-Urin-Lache.

Mama Mia, Mama Mia, quält es sich aus ihrem Mund, während sie die Hände über ihrem Kopf zusammenschlägt.

Mama Mia, Mama Mia, sie dreht sich dabei hilflos im Kreis. Wir versuchen gemeinsam meinen Mann auf das Bett zu bekommen. Ich gebe Anweisungen. Handtücher auf die Erde werfen, Schüssel mit Wasser holen. Sie bleibt wie angewurzelt stehen. Ich stelle sie vor meinen Mann hin, hole Seifenwasser, Waschlappen, widme mich meinem Mann. Erst mal entkleiden. Er ist total besudelt mit Blut und Urin. Wasche ihn, säubere seinen Kopf, verbinde die blutende Wunde, die sichtbar geworden ist, ziehe ihm frische Sachen an. Er sitzt stumm da. Lässt geschehen. Weit aufgerissene Augen blicken ratlos ins Zimmer. Bett beziehen, Mann festhalten. Endlich kann er hingelegt werden. Gar nicht so einfach, so viel Blut und Urin wegzuwischen. Sämtliche Handtücher, die mir in die Quere kamen, sind durchtränkt. Stecke alles direkt in die Waschmaschine. Geschafft. Beuge mich zu meinem Mann, lege ihm die Hand beruhigend auf seinen Brustkorb, wünsche ihm eine gute Nacht. Die konfuse Madame schicke ich ins Bett. Dann herrscht wieder Stille im Haus.

In mir nicht. Die Angst, die Anspannung bleiben nicht draußen. Sie nisten sich ungefragt mehr und mehr in meinem Körper ein. Meine Tochter schildert mir genau die gleichen Empfindungen. Wir müssen irgendetwas ändern. Aber was?

Doch am nächsten Tag geht es genauso weiter. Und am nächsten und übernächsten. Auch wenn meine Tochter und ich zum Kaffeetrinken mal in die Stadt fahren, ist das keine Auszeit, die hilft.

Was ist das denn? Vorsichtig lugen meine Augen unter der Bettdecke hervor. Es muss noch sehr früh am Morgen sein. Das frühmorgendliche Licht bahnt sich frisch seinen Weg in den Tag. Ich bin weder wach, noch schlafe ich. In mir ist gar nichts. Nur der Himmel in meinen Augen. KNALL! Ganz laut. In meinem Kopf. Augenblicklich erhebe ich mich. Was war das? So laut in meinem Kopf? Als wäre ein Luftballon geplatzt. Ich bekomme Angst. Angst ist der schlechteste Begleiter. Sie nimmt mir den Atem. Sie lässt mich zittern. Sie lässt mich keinen klaren Gedanken fassen. Die Folge: PANIK. Ich rufe meine Tochter an.

Ich hab 'nen Knall im Kopf. Ganz laut. Einfach so.

Wie, du hast einen Knall im Kopf?

Es hat in meinem Kopf einen ganz lauten Knall gegeben. Was ist das denn?

Mama, du musst einen Krankenwagen rufen. Vielleicht hast du einen Schlaganfall.

Was? Wieso Schlaganfall? Hab ich nicht. Auf keinen Fall. Nur nicht ins Krankenhaus. Meine Stimme ist unsicher, leise, hilflos.

Sie bleibt ruhig. Fast gelassen. Das ist gut für mich. Ich überlege blitzschnell. Was könnte ich denn machen? Zu wem könnte ich gehen? Ja natürlich, die Neurologin, bei der ich neulich wegen meines Mannes war. Ich hatte lange auf diesen Termin gewartet. Dieses Gefühl, ohne einen Facharzt zu konsultieren, kam ich mir unsicher, uninformiert vor. Sie ließ sich das Krankheitsbild meines Mannes schildern. Unumwunden klärte sie mich über den zu erwartenden Prozess auf. Muskulaturschwund, nicht mehr schlucken können, schleichend verhungern müssen, oder an einer Lungenentzündung sterben. Das waren die Optionen. Das Thema Heim kommentierte sie mit der Aussage, dass er wahrscheinlich drei, vier Monate nicht überleben würde. Völlig deprimiert ob dieser Aussage, beschloss ich, ihn auf jeden Fall niemals ins Heim zu geben.

Ja, das mache ich, da gehe ich nachher hin. Sie ist Fachfrau. Etwas ruhiger setze ich meine Tochter am Telefon darüber in Kenntnis. Sie nimmt mir das Versprechen ab, auch wirklich heute noch, möglichst sofort, diese Ärztin aufzusuchen. Die Praxis öffnet erst um neun Uhr. Bis dahin stehe ich unter Schock. Meine Jüngste fährt mich mit dem Auto in die Praxis. Ich werde an ein EEG angeschlossen. Nach gefühlter Stunde das Ergebnis. Keins. Gott sei Dank! Sie will mich noch zum CT schicken. Aber ich nicht. Erleichterung macht sich in mir breit. Ich gehöre wieder zu den Lebenden. Doch bevor ich die Praxis verlasse, gibt sie mir ein Rezept gegen meinen hohen Blutdruck mit. Für mich ist **das** schon ein Übel, aber ein Kleineres.

Irgendwie riecht es hier komisch. Sage ich zu meiner Tochter.

Ich rieche nichts, sagt sie.

Doch, sage ich, hier riecht es so merkwürdig. Seit zwei Tagen bin ich auf der Suche nach diesem Geruch.

Und dann wieder der Gestank. Er verfolgt mich. Das ganze Haus ist kontaminiert. Bin ich hysterisch? Der Gestank hat sich so richtig schön in alle Ritzen eingefressen. Inzwischen riechen es auch die anderen. Es riecht auf jeden Fall sehr unangenehm. Wie ein Spürhund schnüffle ich durchs Haus. Und dann endlich. Systematisch hat mich meine Nase in Madames Zimmer geführt, das offensteht. Bis auf den Boden verfolge ich den Geruch, bleibe an ihren Hauslatschen hängen... und habe des Rätsels Lösung. Die stinken ganz mörderisch nach Käsefüßen. Den Geruch werde ich nicht mehr los. Er verfolgt mich. Bleibt mir auf den Fersen. Ist mir zwei Schritte voraus, kreist um mich, um dann wieder an meiner

Ferse zu kleben. Ich halte das nicht aus. Ich bin ein Nasenmensch. Spreche mit meiner Schwester darüber. Sage ich es der Madame? Und wenn ja, wie denn?

Ich rufe die Agentur an. Ganz vorsichtig spreche ich das Problem an. Da in einigen Tagen wieder ein Wechsel ansteht, will ich wissen, ob ich mit ihr über das Käsefußproblem sprechen kann. Sie raten mir, damit zu warten. Vielleicht ist es beim nächsten Mal besser. Ihre Pfleger/-innen sind sehr empfindlich mit solch persönlichen Bemerkungen, sagt man mir. Man muss da schon sehr behutsam vorgehen. Wir eiern noch ein bisschen herum, sie geben mir noch mal den bevorstehenden Wechsel bekannt. Ich bin erst mal raus aus der Nummer. Na komm, denke ich, nur noch ein paar Tage, dann kommt der Pfleger wieder.

Dann endlich findet der Wechsel statt. Madame tauscht ihr Revier mit dem Pfleger. Doch diesmal geht vom ersten Moment an der Hahnenkampf zwischen den Männern wieder los. Ich verstehe das alles nicht. Was läuft da schief? Schon am frühen Morgen, wenn ich meinen Mann begrüße, wird er aggressiv.

Du riechst nach ihm, sagt er.

Wie kann das denn sein? Frage ich ihn.

Du riechst nach ihm, wiederholt er.

Das wird schon fast zum morgendlichen Ritual.

Du riechst nach dem Unaussprechlichen, formuliert er neuerdings.

Das nervt allmählich. Ich ärgere mich über ihn. Bin sauer auf ihn.

Der interessiert mich doch nicht die Bohne, versuche ich ihm sogar zu erklären.

Er bleibt stur und nervt mich weiter damit. Das hat zur Folge, dass ich mich möglichst nicht mehr blicken lasse. Ich esse alleine in der Küche, verschwinde in meinem Zimmer und bespreche nur noch Organisatorisches. Das Wohnzimmer ist für meine Tochter und mich schon lange nicht mehr als solches zu nutzen. Von morgens bis abends läuft der Fernseher und daneben sitzt wie eine Wachsfigur der Pfleger. Da kann man nicht atmen.

Wo vorher fast täglich Fotos zwischen uns ausgetauscht wurden, „Grieße" seiner Frau an uns vermittelt wurden, wir uns gesellschaftliche Probleme mit Übersetzungsprogramm zur besseren Verständigung mitgeteilt haben, wird nur noch das Essen und Einkaufen thematisiert.

Du einkaufen.

Er schreibt Einkaufszettel. Anfänglich hat es mich amüsiert, und ich habe sogar sein Deutsch gelobt. Doch jetzt erscheint es mir unangebracht. Wieso schon wieder Salami? Wir haben noch eine Lage im Kühlschrank. Schinken soll es auf jeden Fall sein und nicht zu vergessen „Läberwurscht". Er mag sie auch gerne. Marmelade ist auch schon wieder leergefuttert. Käse? Haben wir doch auch noch. Aha, er will nicht nur Gouda, nein, es soll der Kümmelkäse sein. Jetzt werde ich leicht säuerlich. Ziemlichen Anspruch, der Herr. Nee, da mache ich nicht mehr mit. Ich habe offensichtlich eine Anspruchshaltung mit meinem Verwöhnen antrainiert. Ich habe so die Schnauze voll. Ich will nicht mehr. Ich kann auch nicht mehr. Mensch, jetzt stell dich nicht so an. Nur noch ein paar Wochen, dann geht's los in die Kur. Doch jeder Tag fühlt sich wie ein Kampf an. Kampf zwischen den Männern. Der innere Kampf. Wie geht Abgrenzung? Wieviel, wie wenig? Meine Tochter und ich hadern mit unseren Gefühlen. Wir verhaken uns ineinander, aneinander. Das Nicht-Können, Nicht-Wollen breitet sich in uns aus. Wir leben damit. Nur nicht davon. Nicht mal das gelegentliche

Kaffeetrinken in der Stadt reicht aus. Der Lebensraum ist gefüllt mit der Krankheit. Dem Zuschauen. Dem nicht Ändern-Können. Dem Davonlaufen wollen. Dem schlechten Gewissen. Dem Gefühl, vom Leben isoliert zu sein. Abgeschnitten. Verloren gegangen.

Sei froh, dass du so tolle Pfleger hast.

Eine Nachbarin verkündet wieder einmal überzeugt ihre Weisheiten.

Putzen die auch? Fragt sie nach.

Ich nicke, und sie ist begeistert.

Da kannst du aber froh sein.

Bin ich froh? Nein? Nein, das schlechte Gewissen holt mich wieder ein. So ein Glück habe ich und bin nicht mal froh.

Klage ich zu viel? Und woher kommen meine gesundheitlichen Baustellen? Sehe ich Tatsachen oder spinne ich? Manchmal weiß ich das nicht so genau. Irgendwie vermischt sich das Reale mit meinen Gefühlen, die mich nicht einmal fragen, ob ich sie bei mir haben möchte. Warum habe ich immer das Gefühl, mich rechtfertigen zu müssen? Ich schwebe zwischen Himmel und Erde. Die Füße wollen nicht so recht auf dem Boden bleiben. Und ungefragt stülpt sich donnernd eine Käseglocke über mich. Von außen dringen blubbernde Nebelschwaden durch die feinen Risse der Glocke. Von innen schlagen die Gefühle Kapriolen. Ich bin nicht mehr ich. Ich bin halb. Bin zerbröselt. Mürbe. Müde. Bin nicht ganz.

Bin auch traurig, dass sich außerhalb der Familie kein Schwein für meine Situation interessiert. Kein Anruf. Kein Besuch. Keine Hilfe. Keine Unterstützung. Das tut weh. Ich überlege, was ich falsch mache. Fühle mich klein, hilflos. Trotzdem starte ich nochmal einen Versuch. Zwar hadere ich mit meinem Stolz. Soll ich oder soll ich nicht? Schließlich kennen wir uns doch schon dreißig Jahre. Vergiss den Stolz, denke ich. Schreibe also eine SMS an diese Freundin. Sie fehlt mir im Moment. Wir gehen einen Kaffee trinken. Ich erzähle, sie hört zu. Sie fragt mich, was sie für mich tun kann.

Mal reden können. So wie jetzt. Das hilft schon. Ich bin erleichtert und fühle mich nicht mehr so alleine.

Doch dann ist wieder Stille. Nichts. Sie meldet sich nicht. Ich verstehe das nicht. Wir waren immer zu Dritt, sind regelmäßig in die Sauna gegangen. Und jetzt gar nichts mehr?

Dann plötzlich eine fröhliche SMS:

Morgen Sauna, 17 Uhr.

Ich gehe nicht hin. Reagiere nicht mehr auf die SMS. Was soll ich da? Hingehen und meine Traurigkeit mitnehmen? Meine Haut zur Schau stellen? Sie glüht, brennt und juckt. In jeder Faser, in jeder Zelle spüre ich das Ausgegrenztsein. Bin gefangen in mir. Bin nicht frei im Kopf. Nicht frei im Herzen. Trotzdem … ich hätte mir so sehr von ihnen gewünscht, dass sie mich besuchen. Mit mir sprechen. Mich nicht so alleine lassen mit dieser unwirklichen Situation. Mich ein Stück des Weges begleiten. Nichts, niente, schwarzes Loch, Traurigkeit. Keine Wut. Keine Aggression.

Doch die Berliner sind da. Sie begleiten mich, wenigstens per Telefon. Das hilft. Jedenfalls im Augenblick.

Dann das Ungeheuerliche. Es ist Abend. Sitze vor der Glotze. Sehe nicht den Mord, das Grauen, den Hinterhalt, die Schlechtigkeit des Menschen. Höre nicht die hinterhältige Kommunikation, das Geplänkel von Belanglosigkeiten. Spüre… nichts.

Der Pfleger hat meinen Mann ins Bett gebracht. Dachte ich. Dann höre ich Streit. Geräusche, Laute. Schau auf den Fernseher. Dort befindet sich der Kommissar in einer sprachlosen Bettszene. Es dauert etwas, bis mir klar wird, dass die Geräusche von oben kommen. Dort, wohin die beiden Männer vor einigen Minuten verschwunden sind. Die Lautstärke bohrt sich in meine Ohren. Ich begreife endlich – die prügeln sich, oder? In meinen Körper kommt Bewegung. In Windeseile sause ich die Treppe hoch und stehe in dem Zimmer meines Mannes. Mir bietet sich ein unvorstellbares Bild. Mein Mann sitzt auf seinem Bett. Vor ihm kniet der Pfleger. Sein Gesicht ist wutverzerrt. Er zerrt grob an der Hygienepants meines Mannes. Mein Mann hält seinen linken Arm als Drohgebärde über den Kopf des Pflegers. Oder will er sich nur schützen? Er trägt ein Unterhemd. Seine Beine sind nackt, und ich nehme im Bruchteil einer Sekunde seine Hilflosigkeit wahr. Die andere Bruchteilsekunde widme ich dem Pfleger. Wie sein Gesicht unschön verzerrt, rot angelaufen ist. Wie er fast die Zähne fletscht vor Wut. Wie er seine Macht durchsetzen will. Er hört nicht auf, an den Pants zu zerren.

Ich werfe mich regelrecht dazwischen. Ich schreie **AUFHÖREN!** Der Pfleger zerreißt die Hose in zwei Teile, schleift sie an den nackten Beinen meines Mannes entlang und pfeffert sie mit einem Zischlaut auf den Boden. Völlig aufgelöst verlässt er das Zimmer.

Ich bin fassungslos. Ich glaube jetzt nicht, was sich mir gerade geboten hat. Unser Freund, der Spirituelle, der Akkurate ist tatsächlich handgreiflich geworden. Ich versuche mich zu beruhigen. Denke an meinen Mann. Versuche ihn zu beruhigen. Er wirkt total gestresst, aufgewühlt. Ich kicke die vermaledeite, zerrissene Pants mit dem Fuß zur Seite.

Alles gut, sage ich zu Ihm. ***Ich weiß auch nicht, was da los ist. Keine Ahnung. Aber er wollte dich bestimmt nicht ärgern.***

Bullshit, natürlich hat er ihm bewusst wehgetan. Der Arsch. Ist der denn total verrückt geworden, denke ich. Reiß dich zusammen. Kümmre dich erst mal um deinen Mann.

Komm, ich helfe dir. Jetzt leg dich erstmal hin. Ich ziehe ihn komplett an, decke ihn zu und setze mich an sein Bett, lege die Hände auf seinen Brustkorb, bringe Ruhe und Wärme in ihn.

Kannst du jetzt schlafen? Kann ich dich alleine lasse? Frage ich ihn.

Er nickt und bedeutet mir, das Licht auszuschalten.

Innerlich auf hundertachtzig suche ich den Pfleger und bedeute ihm, sich zu mir zu setzen.

Ich will mit dir reden, herrsche ich ihn an.

Sollte ich einige Zentimeter Diplomatie in mir haben, kann ich sie nicht abrufen. Ein Bündel Empörung tobt in mir. Wie kann er nur? Sich so gehen lassen! Mit dem Sprachprogramm mache ich ihm unmissverständlich klar, dass er das nie, nie wieder tun darf. Dass er niemals handgreiflich werden darf, dass mein Mann krank ist und dass er sich nach ihm und seinen Wünschen zu richten hat. Punkt.

Er versucht sich damit rauszureden, dass mein Mann ihn an den Haaren gezogen hat.

Na und? Er wollte dir damit sicher sagen, dass er sich nicht ausziehen lassen wollte. Dann lässt du ihn eben. Lieber eine nasse Pants… als, als grob zu werden. Hast du das verstanden? Nie wieder fasst du ihn an. Ist das klar?

Er nuschelt irgendetwas.

Am nächsten Morgen ist nichts mehr so, wie es mal war. Der Bruch zwischen dem Pfleger und uns ist nicht zu kitten.

Schmetterlinge sind so

Ich strample vergnügt

Von morgens bis abends

Von abends bis morgens

Vergnügen macht's nicht

Ich nehm', was ich brauch'

Ich krieg' was ich kann

Keiner kriegt alles

Alles kriegt keiner

Flieg um den Globus

Mal hier und mal da

Am liebsten mit Mann

Man, der macht mich an

Ein bisschen von dem

Dann auch wieder nicht

Doch davon kosten

Kostet doch nichts

Wer weiß schon, was kommt

Kommt so oder so

Genieße das Leben

Lebendig eben

Mal von dem oder dem

Dann wieder auch nicht

Nur einmal zum Mond

Oder doch lieber nicht?

Schmetterlinge sind so Und ich auch!

Fühle mich wie ein Schmetterling. Leicht und dem Himmel so nah, bin ich auf dem Weg in die Kur. Ich kann es kaum glauben. Der Abschied war rührend. Mein Mann wollte mich unbedingt zur Tür begleiten, mich verabschieden. Wir haben uns umarmt. Festhalten. Und doch wieder loslassen.

Ich glaube es nicht. Ich fahre nach Bayern, zur Kur. Jetzt. In diesem Moment. Eine unglaubliche Freude durchfährt meinen Körper. Ich komme. Es ist fast mein zweites Zuhause. Ich war schon vor über zwanzig Jahren an diesem Ort. Mit meinen Mädchen, als sie noch klein waren. Schon beim ersten Mal habe ich mich aufgehoben gefühlt. Liebevoll versorgt werden. Schlaraffenland. Genau das richtige Maß an Betreuung, mit wohltuenden Anwendungen und Freiraum, ganz so, wie es für mich richtig ist. Alles ist mir vertraut. Selbst der Geruch ist immer derselbe, nach Frische, Wärme. Das Licht setzt Akzente. Von Draußen strahlt die Sonne nicht nur durch die geöffneten Fenster. Sie dringt in sich öffnende Herzen.

Ich fahre und mit mir fahren unaufgeräumte Gedanken. Es beschleicht mich ein wehes Gefühl. Ich lasse Mann und Kind zurück. Ein Schmerz wie eine nicht schließende Wunde. Nicht mal ein Pflaster kann da helfen.

Dann herzliche Begrüßung. Werde willkommen geheißen. In mir Freude. Wunderschönes Zimmer. Später dann Abendessen. Drei Gänge Menü, Essen vom Feinsten mit entsprechendem Ambiente. Das Buffet bricht unter der bunten Salatpracht, dem Saucen umspielten zarten Fleisch, dem Lachs, den Kartoffeln in unterschiedlichen Formen, den süß duftenden Speisen, die meinem Gaumen schmeicheln, zusammen. Herrlich. Leise klingen Klaviertöne an meine Ohren. Gemütlich. Mein Schlaraffenland!

Plötzlich im Zimmer begegne ich der Stille. Okay, ich muss erstmal ankommen. Runterkommen. Es ist noch nichts verdaut. Was ist in den letzten zwei Jahren passiert? Ich will es gar nicht wissen, weiß es aber doch. Komme mit mir in Kontakt. Abgeschirmt. Nur das Wissen um Dinge, die man nicht beeinflussen kann. Um Schicksal, das einem begegnet. Das man annehmen muss. Sagen sogenannte Experten. Annehmen. Na, Dankeschön. Kann ich das nicht einfach ablehnen? Mir wird es beklemmend ums Herz. Lange halte ich das nicht aus. Lenke mich ab. Krimi ist allerdings auch keine Lösung.

Nach einem fulminanten Frühstück erfahre ich meinen Anwendungsplan. Moorbäder, Physiotherapie, Massagen, Wassergymnastik, Wanderungen, Yoga. Alles was mein Herz erfreut. Was meinen Körper belebt, ihm hilft, wieder zu einem Ganzen zusammenzuwachsen.

Allmählich komme ich an. Gerne nehme ich an allen Angeboten teil. Mache in den Zwischenzeiten Wanderungen, erfreue mich an dieser wundervollen Natur. Ich merke, dass ich ganz, ganz viel Zeit brauche. Ich muss mich zu nichts zwingen, alles soll mit mir und meinem Inneren abgestimmt sein. Ich möchte nur mit mir zusammen sein. Mich meinen Gedanken und Stimmungen annähern. Es geht mir gut dabei. Ich vermisse nichts. Ich nehme jeden Tag als ein Geschenk an. Das Personal ist unglaublich aufmerksam. Jeder versucht, mir sein Können und seine Anteilnahme plus Zuwendung zukommen zu lassen. Physiotherapeutisches Kneten an meinen Fuß-Chakren. Ich wusste gar nicht, dass es so etwas gibt.

Saunieren, ruhen, ruhen. Das mache ich. Fast schwebe ich auf einer federweichen Wolke. Fühle mich rundum umsorgt.

Und immer wieder dieses Wahnsinnsessen. Abwechslungsreich, köstlich, warme, kalte, unglaubliche Kost. Soviel kann kein Mensch essen. Ich würde zwar gerne, aber ich kann nicht. Habe immer wieder Magenschmerzen, esse zu wenig, und nun ist er wahrscheinlich kleiner geworden. Mein Magen.

Du bist sooo dünn geworden. Sagt man mir.

Kein Wunder. Die letzten zwei Jahre mit all seiner Schwere, haben sich in meinen Zellen, Fasern eingenistet. Der Magen streikt. Mir geht es nicht gut. Deshalb bin ich doch auch hier. Habe ich etwa erwartet, dass an einem Tag schon alles leuchten wird? Nein, natürlich nicht. Aber auch noch das!! Ich sehe aus wie ein Monster. Mein rechtes Auge ist mächtig geschwollen. Und rot, entzündet. Und das schon seit Wochen. Da möchte etwas raus aus meiner Haut. Ich möchte auch raus. Raus aus allem.

Ich habe alles ausprobiert. Hier bekomme ich nun weitere persönliche Tipps. Im schönsten bayrisch verrät mir meine Lieblingsbedienung die besten Tipps über Kräuter, Salben, die ihr ebenfalls hautempfindlicher Mann schon mit Erfolg ausprobiert hat. Ich kaufe ein. Doch in der Apotheke ist man fast geneigt, mir die homöopathischen Artikel nicht zu verkaufen.

Ja mai, Sie müssens ins Krankenhaus damit.

Bloß nicht, denke ich. Die Haut macht einfach das, was sie muss. Sich wehren. Sie juckt, ist entzündet und geschwollen. Auf jeden Fall ist sie äußerst hartnäckig. Sie quält sich und mich. Es fängt an, mich zu belasten. Mein ästhetisches Empfinden ist äußerst gestört. Wenn ich in den Spiegel schaue, sehe ich in ein sehr trauriges Gesicht im Monsterlook. Die Nägel fangen auch schon an zu brechen. Die Kurärztin hat auch keine Idee.

Kommen Sie zur Ruhe. Ich glaube, das ist das Einzige, was wir machen können.

Ich bin erschöpft, müde, matt, marode. Ein Bild der Erbärmlichkeit. Ich versuche, mich nicht zu verstecken. Ich sehe nun mal im Moment so aus. Spüre die Blicke von gebotoxten Frauen und deren fettleibigen Männern. Auch nicht schöner, denke ich.

Ich bin mit mir alleine. Werde verwöhnt, bin dankbar. Allmählich finde ich mich in meinem neuen Ablauf gut zurecht. Ich kann ausschließlich für mich sein. Das genieße ich. Normalerweise bin ich immer auf Achse. Dreimal am Tag mit dem Hund zum Joggen oder Fahrrad fahren. Haushalt, meinen Mann versorgen. Bin unruhig und suche immer wieder Bewegung. Doch jetzt fange ich an, mich nicht zu bewegen. Und das tut richtig gut. Die Anwendungen nehme ich allmählich entspannt in Empfang. Schwimmen, Saunieren, ansonsten viel Ruhen. Ausruhen. Was für ein Luxus. Lesen. Das habe ich auch schon lange nicht mehr gemacht. Hier kann ich es. Wunderbar. Gerne tauche ich ab in eine andere Welt.

Meine Jüngste ruft an. Stress zuhause. Bekomme Herzklopfen. Schlechtes Gewissen ereilt mich. Der Pfleger will ständig, dass sie einkaufen geht.

Ich habe ihm gezeigt, dass noch drei Wurstsorten im Kühlschrank liegen. Zwei Käsesorten. Das reicht doch wohl, habe ich ihm gesagt. Weißt du, was der dann gesagt hat?

Nein, ich weiß es nicht.

Was kostet Auto? Ich bin verdattert.

Auto kaufen ja, Essen nein.

Der Pfleger wird frech. Bevor ich zur Kur fuhr, hat meine Tochter ihr Erspartes für eine **Nuckelpinne** ausgegeben. Wie sonst hätte sie den Alltag ohne Auto managen können?

Geht dich nichts an. Erwidert sie ihm.

Sag mal, geht's noch? Denke ich.

Meine Tochter fühlt sich überfordert. Die Geschwister müssen mit ran. Sie raufen sich erfreulicher Weise auch zusammen, ohne sich zu raufen. Wir haben tolle Kinder.

Ich bin versorgt. Mir kommen die gut gemeinten und gut gemachten Therapien zu Gute. Bin dankbar. Sehr sogar.

Mir griegen di scho wiedr hin. Brauscht ganz viel Liebe.

Meine bayerische Therapeutin hat immer wieder neue Ideen, mit denen sie mich fit machen möchte.

Net die harte Tour, du brauscht Lockerungen für die Muschkeln, liebevolle Massagen, Ohrakupunktur, Ganschkörperakupunktur.

Sie zieht sämtliche Register, und ich kann nicht genug davon bekommen.

Mit Wassergymnastik, Physiotherapie, ebenfalls sehr individuell auf mich abgestimmt, Moorbädern und unterstützenden Gesprächen, fällt nach zwei Wochen Aufenthalt der größte Stress von mir ab. Meine Stimme wird wieder fester, und ich lache schon mal mit dem einen oder anderen.

Meine Tochter hat unterdessen nicht so rühmliche Storys bereit. Der Pfleger hatte die Werbeblätter durchforstet, mit der an mich gerichteten Bitte, zehn Packungen Fischstäbchen zu kaufen. Habe ich ihm noch vor meiner Abfahrt besorgt. Jetzt beklagt meine Tochter das tägliche Fischessen mit Nudeln.

Mir wird richtig schlecht davon, überhaupt vertrage ich gar kein Essen mehr. Der Magen. Klagt sie.

Die Polen haben eine merkwürdige Angewohnheit, sie nehmen viel zu viel Öl für das Zubereiten von Speisen. Jede Woche mindestens eine Flasche Sonnenblumenöl. Verstehe ich auch nicht. Mir wird von so viel Fett auch übel. Dabei habe ich es ihm gezeigt:

Hier bitte, nur ein wenig Fett darangeben. Verstehst du? Er nickte. Und kippte seelenruhig viiiiel Fett in die Pfanne.

Mein Mann ist wieder gefallen. Nicht so schlimm. Nur leichte Hämatome. Meine Tochter versucht gute Laune zu vermitteln. Ich merke aber, wie genervt sie ist. Sie fühlt sich überfordert und ziemlich alleine. Wir machen uns gegenseitig Mut. Wir schaffen das!

In mich marschiert ungefragt mal wieder Unruhe hinein. Schlechte Nachrichten. Meinem Schwager geht es immer schlechter. Er hat selber entschieden, dass er in ein Hospiz möchte. Mich schauderts. Es riecht nach Tod. Unvorstellbar. Eben ist ein Mensch noch da, dann... tot. Geht doch gar nicht. Was soll das denn alles? In mir sieht es schwarz aus. Und schwer. Sehe meine Schwester vor mir. Sie war noch ganz jung, fünfzehn. Ganz eng die zwei. Immer. Jeden Tag.

Es ist so schlimm, dass sie sich und ihre drei Kinder Tag und Nacht im Hospiz aufhalten. Sie sind ganz einfach nur für ihn da. Er ist ansprechbar, lieb und dankbar. Ein schönes Bild. Aber unendlich traurig. Ein wunderbarer Mann, den ich schon ab meinem neunten Lebensjahr kenne. Der mit meiner Schwester und unserer Familie durch schwierige Zeiten gegangen ist. Er stand uns immer zur Seite. Wir haben gemeinsame Urlaube verbracht. Aufregende

Gespräche über Politik geführt. Hitzig. Er hat immer Contenance bewahrt. In seiner Nähe hat man Wärme gespürt. Ich kenne niemanden, der ihn nicht mochte.

Jetzt habe ich den Herbstblues. Nur noch eine Woche in diesem Schlaraffenland. Nee, möchte nicht nach Hause. Will noch mehr vom wunderschönen Kuchen, Edelkuchen. Meine Therapeutin versucht mein Ying aufzubessern.

Ischt leer. Meint sie. Dafür hascht das Yang überpowert. Dasch griegen mir hin.

Sie gibt sich ganz viel Mühe mit mir. So fühlen sich leeres Ying und Power Yang also an. Auf der einen Seite irre Hitze mit Power, die andere Seite zeigt eine Kraftlosigkeit und unendliche Müdigkeit. Das soll man nun in Einklang bringen. Ist mir ein Rätsel.

Dann die traurige Nachricht vom Tode meines Schwagers. Jeden Tag habe ich damit gerechnet. Jetzt ist es real. Es wirft mich zurück in die Stimmung von Tod, Aushalten müssen. Nichts ändern können. Akzeptieren. Meine Schwester verliert ihren besten Partner, Freund, Mann. Eine der besten Beziehungen ist zu Ende. Ich habe die Beiden immer zusammen erlebt. Eine außergewöhnliche Liebe. Oh Gott, wie wird sie damit nur zurechtkommen? Ich werde durch das Telefon in die Wirklichkeit katapultiert.

Hast du schon gehört? Meine andere Schwester, ich habe drei davon, weint am Telefon.

Ja, sage ich, ich weiß Bescheid.

Wir weinen. Es hilft. Ein bisschen. Wenigstens im Augenblick.

Nachdenklich und traurig folge ich den mir vertrauten Wegen. Natur, die Rettung. Der Kopf wird abgelenkt vom Auge, das in die wunderbare Schönheit blickt. Himmel und Berge, soweit das Auge reicht. Mischwälder, die hoheitsvoll in die Wolken ragen. Noch immer satte Wiesen, auf denen gut genährte Kühe weiden. Natur ist niemals langweilig oder hässlich. Sie ist ein Wunder. Ein sehr schönes Wunder.

Vom Spaziergang zurückgekehrt, bin ich mir sicher. Sicher, dass meine Situation sich verändern muss. Sicher, dass ich sonst kaputt gehe. Sicher, dass meine Tochter sonst kaputt geht. Ich bin mir sicher. Wir, ich, können so nicht weiter machen. Der Ausweg scheint mir nur ein Pflegeheim zu sein.

Meine Tochter aktiviert noch einmal ihre Kräfte. Sie begibt sich schon mal auf die Suche nach einem Heim. Sie fragt sicherheitshalber bei mir nach, ob ich jetzt tatsächlich dazu bereit bin. Wir bestätigen uns gegenseitig, dass wir unabhängig voneinander, nur noch diesen Ausweg sehen. Sie wählt drei Heime aus, die sie sich mit Unterstützung meiner Schwester und meines Schwagers anschaut. Sie favorisiert das Teuerste. Na sowas. Wer hätte das gedacht. Das Teuerste, das Beste. In der Anmeldung wird ein **Dringlich** vermerkt.

Das hört sich doch alles ganz gut an. Land in Sicht. Und dennoch, in mir regt sich ein elendiges schlechtes Gewissen. Wie kannst du nur? Denke ich. Deinen Mann in ein Heim abschieben. Es treibt mir Schweißperlen auf meine Stirn. Ich entscheide für ihn, für einen anderen als mich. Er wird sein Zuhause verlassen müssen. Das ist unser gemeinsames Zuhause. Ich habe die Wahl zwischen Pest und Cholera. Die moralische innere Instanz hat sich auf mich eingeschossen. Der arme Mann. Er ist der Kranke und du schiebst ihn einfach ab. Was würdest du denn sagen, wenn es umgekehrt wäre? Mich durchläuft ein Schauer nach dem anderen. Dieser verdammte Zwiespalt. Ich horche zum wiederholten Male in mich. Mein Inneres weiß es doch. Es ist für mich der richtige Schritt. Anders schaffe ich das nicht. Vom Kurhaus kommt Unterstützung.

Wenn Sie selber nicht mehr können, nutzen Sie ihrem Mann auch nicht. Natürlich ist diese Entscheidung schwierig, aber auch richtig. Sie tun das Richtige. Guter Schritt. Gratuliere.

So die einstimmige Meinung. Ich weiß nicht. Ich weiß doch. Den bekannten Zwiespalt werde ich nicht los. Die Gefühle, der Körper, der nicht zur Ruhe kommt. Die Atemtechnik, das Handauflegen - sie alle helfen nicht. Es ist zum Verzweifeln mit den Zweifeln, obwohl ich entschieden habe. Dann der Anruf meiner Tochter.

Wir haben ein Zimmer für ihn. Sofort. Bis Ende der Woche wird es renoviert. Mama, du musst jetzt Ja oder Nein sagen.

Ich bin durcheinander. So schnell. Jetzt schnell entscheiden? Ich habe entschieden. Aber es ist so endgültig. Es gibt kein Zurück. Dann ist das Urteil über ihn gefällt. Ich bin schuld. Ich alleine. Unser gemeinsames Leben ist besiegelt. Jeder allein. Jeder muss seinen Weg alleine gehen. Machen alle Menschen durch. Ich weiß, aber das hilft mir nicht. Die letzte Hoffnung, es könnte doch nochmal werden. Ich weiß, dass es niemals so sein wird. Und trotzdem. Hoffnung ist nicht endgültig. Das Zimmer schon. Niemals mehr gemeinsam. Gemeinsam im Bett liegen. Gemeinsam auf Reisen gehen. Niemals mehr an seine starke Männerbrust anlehnen können. Niemals mehr an den gedeckten Frühstückstisch setzen können. Er war immer zuständig fürs Frühstück. Zu viele „Niemalsmehrs".

Dieses Bündel an Verlust wird riesengroß, während mir immer mehr dazu einfällt. Seine Zuverlässigkeit. Er hat uns immer gut versorgt. Er war der Hauptverdiener. Typisches Rollenmuster. Und jetzt? Traurigkeit steckt in jeder Faser meines Lebens. Genau wie die Jahreszeit. Düster, kalt, stürmisch, regnerisch, gewaltig, trist, Untergang, bitter. Das ist bitter, dass sich das Leben so gewaltig verändern kann.

Da wo sich das Herz sonst im pulsierenden Rot zeigt, blickt mich ein finsteres Schwarz an. Geh weg, hau ab, du, du… verschwinde einfach. Ich färbe mir meine Nägel knallrot. Ein Zeichen. Ein Aufschrei.

Lass es doch endlich wieder hell, farbig werden. Leicht und frei, wie ein lachender Smiley, der lauthals hinausposaunt – hey, alles cool, die Welt ist schön und bunt. Lass laufen, Baby. Öffne deine Chakren. Lass die Lebenslust wieder in dich hinein.

Geht das?

Nun sind die letzten zwei Tage angebrochen. Die Schonzeit ist beendet. Mein Auge ist noch immer dick und rot.

Kopfstand

Die Welt, die hebt sich aus den Angeln
der Mensch, er steht jetzt Kopf
los tritt er auf der Stelle
kann nichts machen, denkt er
und so macht er nichts

doch in mir da tickt noch Leben
donnert, lodert, brennt und sticht
lustvoll schreiten nackte Füße
durchs noch morgendliche Tau
selbst der Kopf, der zeitlos in den Himmel schaut,
spürt den Duft vom prallen Leben.

Unsere Welt hebt sich auch aus den Angeln. Unsere kleine Welt. Da passieren Dinge, die ich nicht für möglich gehalten hätte. Ich kriege es tatsächlich übers Herz, meinen Mann in ein Heim, ein Pflegeheim zu geben. Ihn niemals in ein Heim zu geben, war doch der Plan. Niemals! Hatte ich doch auch meinen Kindern gesagt.

Drei Tage vor meiner Abreise aus Bayern haben die Kinder ihren Papa darauf vorbereitet, dass eine Veränderung ansteht. Ich habe mich feige davor gedrückt. Er hat doch tatsächlich sein Einverständnis gegeben. Ich kann es nicht recht glauben, dass er sich so unaufgeregt in sein Schicksal begibt. Ich bin furchtbar nervös, aufgeregt und habe ein ganz schlechtes Gewissen. Ich habe Angst.

Am Nachmittag treffe ich wieder zuhause ein. Die Kinder haben ein schönes Essen vorbereitet, der Tisch ist gedeckt, die Stimmung ist freundlich, positiv, und alle freuen sich sichtbar, dass ich wieder zurück bin. Nach dem ersten munteren Geplauder bin ich unruhig, denn schon am nächsten Morgen werde ich mit meinem Mann in das Heim fahren und ihn dann auch dort lassen. Er wird also sein Zuhause aufgeben müssen, weil er krank ist und ich ihn nicht mehr pflegen kann. Ich bestimme das. Er hat keine Wahl.

Mir ist schlecht.

Mit einem Koffer, einem Rollstuhl und einem Rollator, meinem Mann und meiner Tochter und mir, finden wir uns gegen 11 Uhr im Pflegeheim ein. Die Einweisung ins Zimmer, Papiere abgeben, Fragebogen ausfüllen. Dann großer Auftritt einer Bewohnerin. Sie kommt im Rollstuhl ins Zimmer gerollt, stellt sich bei meinem Mann vor, überreicht ihm einen Blumenstrauß und hält eine kleine Ansprache. Das ist ein guter Einstieg, denke ich.

Irgendwann sind wir dann alleine mit ihm. So und jetzt? Mir fällt überhaupt kein vernünftiger Satz ein. Krampfhaft überlege ich, irgendetwas Sinnvolles von mir geben zu wollen. Dabei kreist in mir lediglich ein graues Karussell von Schuldgefühlen. Der Arme, wie wird es ihm ergehen? Was ist, wenn er wieder mitgehen will? Wenn er sich weigert, hierzubleiben? Wenn er schrecklich traurig ist? Er ist sicher schrecklich traurig. Ich bin es auch. Warum schaffe ich es nicht, ihn zuhause zu behalten? Warum? Warum? Gleich werde ich umfallen und im Strudel von den vielen Warums? im Schwindel enden. Ich will weglaufen. Doch ich kann ebenso wenig weglaufen wie er. Er muss bleiben. Ich kann gehen. Nicht weglaufen.

Ich packe die wenigen Kleidungsstücke in den Schrank. Im Nu bin ich damit fertig. Den Koffer verstaue ich auf dem Schrank. Nein, wir sind nicht im Urlaub. Ich werde den Koffer nicht wieder nach drei Wochen herunterholen. Ich werde nicht die schmutzigen Sachen in den Koffer werfen, und ich werde mich nicht auf Zuhause freuen. Auf den Alltag. Nein, das alles gibt es nicht mehr. Wird es nie wiedergeben.

Wenn ich diesen Koffer wieder mitnehme, werde ich ohne ihn gehen.

Was möchten Sie essen? Wird mein Mann gefragt.

Wir verlassen meinen Mann an seinem ersten Tag im Pflegeheim. Ich komme mir schäbig vor. Es macht mir Angst. Ich kann nicht mit ihm reden. Ich weiß partout nichts zu sagen. Bin sprachlos. Meine Gefühle sind selbst so durcheinander, dass schon allein der Versuch, sie zu erfassen, im Desaster endet.

Die Tage ähneln sich wieder. Täglich trudle ich bei ihm ein. Helfe ihm beim Essen. Spiele mit ihm UNO. Habe ich nie gern gespielt. Er hat es mit den Kindern gespielt. Ich nicht. Ein blödes Spiel. Ich tue es trotzdem. Dieser kluge Mann hält nun einen Fächer von Karten in der Hand. Er versucht es zumindest. Ich helfe. Wie waren nochmal die Regeln? Er beweist Ausdauer. Folgerichtig bedient er zu - sagen wir mal - zu achtzig Prozent die Karten. Immerhin. Das ist doch ein gutes Ergebnis. Aber ist auch egal. Darum geht es nicht mehr. Richtig. Falsch. Es ist Beschäftigung. Und ich kann nicht mal sehen, ob es ihm Spaß macht. Blickparese. Da sieht man nichts. Kein Gefühl. Ich kann es nur spüren. Denke ich zumindest. Das Spiel ist immer noch blöd für mich. Ich achte aber auch nur auf ihn. Langsam bewegt er seine Hand, lässt die Karte wie in

Zeitlupe auf den Haufen fallen. Slow Motion. Alles ist Slow Motion. Ich werde müde. Der Rücken wird krumm. Möchte mich ablegen. Raffe mich auf. Komm, spiele.

Auf mitgebrachten Zeichenblöcken lasse ich ihn malen. Die rechte Hand kann er nicht mehr nutzen. Er probiert es mit links. Es ist gar nicht so einfach, den Block in die richtige Position zu bekommen. Obwohl ich den Block in den entsprechenden Winkel positioniere, hält er den Stift so schräg, dass dieser nicht mit der Spitze aufkommt. Ich jongliere das Papier hin und her. Es passt nicht ganz. Egal. Er springt an. Er zieht Kreise. Fängt neue an. Es gibt keinen ersichtlichen Zusammenhang. Das Schreiben endet immer im Gekrakel. Schade, ich hätte so gerne gewusst, ob er sich mitteilen möchte.

Sorgfältig bewahre ich seine „Kunst" auf.

Ich schleppe Bilderalben ins Heim.

Erinnerst du dich noch an den Urlaub? Frage ich ihn.

Gaaaanz langsam gleiten seine Augen über die Fotos. Er nickt, ich blättere weiter, die Kinder, das Haus, der Hund, der Urlaub, die Kinder, der Urlaub, Hund, Freunde, Haus, Urlaub, die Kinder, Feiern. Lachende Gesichter, munteres Geplauder, farbig, fröhlich. Komisch, dass man nur schöne Situationen fotografiert. Kein Gezanke, kein Geschreie, kein Weinen, kein Wehtun.

Alles wiederholt sich im Leben. Das Schöne, das Schlechte. Ich werde so verdammt ernst. So kenne ich mich nicht. Werde stumm. Jeder Augenblick im Leben zählt. Meistens weiß man das aber erst, wenn der Augenblick schon Geschichte ist. Auch wenn ich noch weit entfernt bin von einer inneren Gelassenheit, so weiß ich doch, dass ich heute viele Situationen gelassener betrachte, die in der Vergangenheit liegen. Wäre schön, wenn man das Wissen in jungen Jahren schon hätte.

Ich verbringe mehr Zeit im Pflegeheim als zuhause. Täglich helfe ich beim Essen anreichen, erledige auch die Toilettengänge mit meinem Mann. Bin erschöpft, habe trotz Tabletten Bluthochdruck.

Mein Mann ist wieder gefallen.

Der steht immer auf, sagt der Pfleger*, ist alleine zur Toilette gegangen*

Und warum war er alleine? Wo waren Sie denn? Ich bin empört. Kümmern die sich nicht um ihn?

Wir haben einen Krankenwagen gerufen.

Wieso das denn?

Die Wunde muss genäht werden.

Ich fahre ins Krankenhaus. Da liegt er. Alleine. Großer Raum, hell erleuchtet. Von den rundum stehenden Apparaten dringen Summtöne an unsere Ohren. Das nervt. Ich setze mich an seine Pritsche. Sie haben ihm eine Halsstütze angelegt. Sieht sehr ungemütlich aus. Sie ist aus hartem Plastik. Er kann seinen Kopf nicht bewegen. Das Blut läuft trotz notdürftigem Erstverband über sein Gesicht. Es hat ihn zum wiederholten Mal an der Augenbraue getroffen. Er sieht schrecklich aus. Ich nehme seine Hand und tröste ihn damit, dass ich da bin und auch bei ihm bleibe.

Es dauert. Auf dem Flur ist ein hektisches Treiben. Ärzte hetzen hin und her, Patienten, die ähnlich schlimm aussehen, warten auf ihre Behandlung.

Ich laufe immer wieder in den Flur und denke, dass ich mich dadurch bemerkbar mache. Aber nichts passiert. Gehe wieder zu ihm zurück, lasse die Tür geöffnet, sodass wir Gesprächsfetzen mitbekommen.

Frau Müller? Sind Sie Frau Müller? Haaalllooo, Frau Müller? Die sagt nichts.

Der Pfleger lässt von Frau Müller ab, die ziemlich übel zugerichtet aussieht. Eine Kollegin kommt hinzu. Sie versucht ebenfalls an Frau Müller heranzukommen.

Frau Müller, machen Sie mal die Augen auf! Brüllt sie. *H ö r e n S i e , F r a u M ü l l e r , S i e s o l l e n d i e A u g e n a u f m a c h e n.*

Sie betont dabei jede Silbe, laut und sehr deutlich. Und tatsächlich öffnet Frau Müller ihre Augen. Das Bett mit Frau Müller wird in einen Untersuchungsraum geschoben.

Ich äffe die Pflegerin leise nach. Dabei wackle ich vor dem einen Auge meines Mannes mit dem Kopf auf und ab, genau wie die Pflegerin. Mein Mann muss lachen. Na, geht doch, denke ich. Man muss sich die Zeit ein wenig mit kleinem Humor verkürzen. Inzwischen sind schon zwei Stunden vergangen, als endlich eine Ärztin erscheint. Sie untersucht meinen Mann.

K ö n n e n S i e d i e A u g e n ö f f n e n? Sie spricht genauso in Silben, laut und sehr deutlich und wartet die Antwort nicht ab. *T u t e s I h n e n i r g e n d w o w e h?* Dabei sieht sie mich an.

Ein weiterer Arzt erscheint im Türrahmen.

Was haben wir hier? Fragt er seine Kollegin

Dementer Mann, gestürzt, im Pflegeheim.

Sie sind die Tochter?

Nein, die Ehefrau. Und mein Mann ist nicht dement.

Was hat er?

Eine PSP.

Eine was?

Eine PSP.

Aha, sagt er. *Und was ist das?*

Das ist eine neurologische Erkrankung. Und im Übrigen, er ist auch nicht schwerhörig.

So, hm hm, er muss geröntgt werden. Wir müssen einen Bruch ausschließen.

Ab geht es zum Röntgen. Ich gehe mit. Wieder warten im Flur. Halbe Stunde, noch eine halbe Stunde, dann endlich verschwindet mein Mann im Röntgenraum. Das dauert nicht lange, er wird wieder in den Flur geschoben.

Und jetzt? Frage ich.

Er bekommt noch Ultraschall. Wir müssen die Milz und den Bauch begutachten.

Nee, bloß nicht. Ich weiß es doch genau, die finden nichts. Er ist schon so oft gefallen und hat sich bis auf die äußerlichen Wunden nichts getan. Es ist wirklich erstaunlich, wie gut seine Knochen halten.

Er wird geschallt, sie haben nichts gefunden. Der Kopf ist auch okay. Jetzt soll nur noch die Augenbraue genäht werden. Wieder zurück in den ersten Raum, wieder das nervige Summen. Irgendwann erscheint ein anderer Arzt, die Wunde wird genäht.

Er bleibt dann noch über Nacht hier, damit wir eine mögliche Hirnblutung ausschließen können.

Nein, sage ich, *ich nehme ihn direkt wieder mit.*

Das müssen Sie dann aber unterschreiben.

Er ist sauer mit mir. An einem der Computer in diesem Raum will er dann das entsprechende Formular ausdrucken. Es klappt nicht. Jetzt ist er mit dem Computer sauer. Mir ist jetzt alles egal. Ich nehme meinen Mann, schiebe ihn bis zu meinem Auto, lasse den Rollstuhl im Eingang des Krankenhauses zurück, blicke inzwischen auf leergefegte Flure, sehe keine Menschseele. Endlich Stille. Wir fahren zurück nach Hause. Nein, nicht nach Hause, nur ins Heim.

Er stürzt wieder.

Was sollen wir machen? Er steht einfach auf.

Na so was, ist ja ein Ding, er steht einfach auf. Natürlich steht er auf. Warum denn auch nicht. Das passt natürlich nicht ins Konzept.

Er stürzt. Kommt ins Krankenhaus. Immer am Kopf eine Wunde, die genäht werden muss.

Nicht gleich den Krankenwagen holen. Ich bin aufgeregt und mache meiner Meinung ungebremst Luft.

Der arme Mann wird jedes Mal durch die Mangel genommen. Er will das nicht. Ich auch nicht. Also bitte nicht, er hat nichts; ja okay, die Wunde. Die heilt auch so. Ich kann das sehr gut einschätzen, nach den vielen Stürzen. Rufen Sie mich bitte vorher an, wenn er noch mal stürzt.

Bin gerade mit dem Auto unterwegs, als mein Handy klingelt.

Also Ihr Mann ist wieder gestürzt, wir müssen den Krankenwagen rufen. Da kann ja immer was im Gehirn passieren.

Nein, warten Sie noch. Ich bin gleich da. Ich will mir selber ein Bild machen.

Etwas verkehrswidrig jage ich durch die Stadt, nur nicht wieder ins Krankenhaus. Das war in den drei Monaten, die er jetzt schon im Heim ist, acht Mal. Jedes Mal eine schreckliche Tortur für uns. Stundenlanges Warten, dann röntgen, ein Ultraschall, dann nochmal ein CT. Wir sind besonders attraktiv als Privatpatienten. Ich parke, renne zum Eingang, Treppen hoch. Der Krankenwagen ist doch schon da. Im Zimmer meines Mannes herrscht totales Durcheinander. Pfleger, Sanitäter, im Bett mein Mann. Furchterregend läuft Blut aus einer Wunde an der Schläfe. Haarscharf an der letzten Wunde vorbei. Der Sanitäter klebt einen Wundverband fest.

Wir müssen ihn mitnehmen. Die Wunde muss genäht werden.

Nein, nicht schon wieder. Das heilt schon. Bei ihm heilt das schnell.

Sie nehmen ihn mit. Ich fahre hinterher. Im Krankenhaus angekommen, das gleiche Procedere wie immer. Hektik, warten, warten, warten. Zwischendurch muss mein Mann auf die Toilette. Suche eine Pflegekraft. Alles hetzt an mir vorbei.

Tschuldigung, mein Mann muss mal zur Toilette. Haben Sie vielleicht eine Urinflasche?

Äh ja, gleich, ich sag mal meinem Kollegen Bescheid.

Warten. Mein Mann zuppelt an seinem Urindrang herum.

Warte, sage ich, *da kommt gleich jemand.*

Dann endlich. Wir bekommen die Urinflasche. Ich finde es schwierig, sie ihm im Liegen anzulegen. Irgendwie ist hinterher alles nass. Was für eine Grenze, die wir überschreiten. Eine Schamgrenze, nie dagewesen, jetzt Realität. Ich führe, und er hält still. Was geht in seinem Kopf vor? In meinem ist ein Durcheinander. Ich funktioniere und kenne mich nicht mehr mit meinen zwiespältigen Gefühlen aus. Warum fällt es mir so schwer, die Realität anzuerkennen? Ich fass es einfach nicht.

Dann kommt eine Ärztin. Die Wunde wird gereinigt. Mein Mann verzieht keine Miene. Aber er hat ja auch eine Blickparese.

Wie? Jetzt noch zum Röntgen? Schon wieder? Das letzte Mal ist erst drei Wochen her.

Muss abgeklärt werden. Die Ärzte bestehen darauf.

Also in eine andere Ebene, dort wieder warten. Im Flur wird es eng. Wartende im Bett, auf Krücken, zu Fuß. Der tägliche Wahnsinn in einem Krankenhaus. Alles hetzt und rennt und vermittelt eindeutig - quatsch mich bloß nicht an, siehst doch, dass ich keine Zeit habe. Mir ist wie immer heiß, halte meinen Mantel und meine Tasche im und unter meinem Arm fest. Halte die Hand meines Mannes. Dann endlich ist er an der Reihe. Schon wird er wieder hinausgeschoben. Ich schiebe sein Bett professionell den Flur entlang, als mich das HALT erreicht.

Sie müssen noch ein CT machen lassen.

Der Arzt hat mich eingeholt. Die Aufnahme ist nicht eindeutig. Also noch ein CT. Nach dem, wie von mir erwartet, auch kein Befund zu erkennen ist, will er nun noch einen Ultraschall machen. Ja und da platzt mir der Kragen.

Kommt nicht in Frage, wir gehen jetzt. Denken Sie vielleicht, nur weil wir Privatpatienten sind, können Sie uns abzocken. Mit mir ist nicht gut Kirschen essen.

Die Frage, ob die Sekretärin den Krankenwagen bestellen soll, wische ich mit einer Handbewegung weg.

Nein, danke, mache ich selber.

Ich spare für die Beihilfe und die Krankenkasse. So bin ich. Der nicht benutzte Krankentransport kostet 650 €, die spare ich ein.

Die Sekretärin zuckt desinteressiert die Schultern.

Ich stemme wie immer alleine meinen Mann. Bis zum Auto im Rollstuhl, feststellen, rückenschonende Haltung einnehmen, unter seine Arme greifen, ihn hochstemmen, leichte Drehung seines Körpers, jonglierend den Beifahrersitz anpeilen, dann langsam hinunterlassen. Jetzt schnell zur anderen Seite laufen, ihn in eine stabile Position rücken, anschnallen, fertig. Ja, das bin ich auch jedes Mal.

Noch nie habe ich ein Dankeschön von der Beihilfe und der Krankenkasse für meine Einsparungen bekommen. Das ist nicht in ihrem Katalog vorgesehen. Also gibt es auch keinen Dank. Na gut, Geld wäre mir auch lieber.

Im Heim sind sie verwundert, dass mein Mann wieder zurückkommt. Ich habe den Eindruck, dass sie erleichtert wären, wenn er im Krankenhaus bliebe.

Der Heimleiter will mich sprechen.

Ich kann Ihnen da ein sehr gutes, auf Ihren Mann ausgerichtetes Pflegeheim empfehlen. Die sind darauf spezialisiert. Wir können die vielen Stürze Ihres Mannes … ja also, das ist wirklich ein besonderer Fall. Das Pflegepersonal ist überfordert. Schauen Sie sich das mal im Internet an.

Wo ist denn das Heim?

Zuhause sehe ich eine Entfernung von eineinhalb Stunden. Wie soll das denn gehen? Der Preis ist genauso hoch wie im hiesigen. Viel Schnickschnack. Ich sehe da keinen Vorteil, von der Entfernung ganz zu schweigen.

Ich könnte eventuell diesen wunderbaren Gehstuhl bestellen. Sie müssten sich allerdings mit einem Beitrag „X" beteiligen.

Das kommt für mich überhaupt nicht in Frage. Wovon denn? Sie wissen doch, dass ich einen Betrag von monatlich 2800 € bezahlen muss. Da ist keine Spur Luft nach oben drin.

Er ist irgendwie beleidigt, hat er sich doch so eine schöne Idee überlegt, womit er meinem Mann helfen könnte.

Er hat den Stuhl auch ohne mein Dazutun bestellt. Mein Mann ist darin wie in einem kleinen Gefängnis gefangen. Er steht darin, mit einem Gurt, dessen Technik er allerdings als Ingenieur sofort lösen kann, um dann schwerfällig zu laufen. Also man muss sich das so vorstellen, ein Rollator mit einem rundum Gestänge aus Kunststoffgestecken. Nach drei Versuchen ist dieses Unternehmen krachend gescheitert. Ich habe dieses Gefährt auch nie wieder in dem Heim gesehen.

Der nächste Stress bahnt sich mit dem Heimleiter beim folgenschweren Sturz im Heim an.

Ihr Gatte ist gestürzt, wir mussten den Rettungswagen rufen.

Warten Sie, ich bin gerade unterwegs, kann in zehn Minuten da sein. Warten Sie bitte. Meine Stimme zittert. Nur nicht wieder ins Krankenhaus, bitte.

Wieder renne ich die Treppen hinauf, stürze ins Zimmer. Zwei Sanitäter, zwei Pfleger. Sie wollen ihn mitnehmen. Diesmal schaffe ich es, dass sie sich überreden lassen. Natürlich muss ich die Verantwortung dafür übernehmen. Ich unterschreibe und bin erleichtert. Diesmal sind wir nochmal davongekommen. Kein Krankenhaus.

Doch das hat ein Nachspiel. Der Heimleiter ruft mich an.

So kann es nicht weitergehen. Wir müssen reagieren. Ihr Mann stürzt, steht immer wieder auf. Er bleibt nicht sitzen. Man kann sich auf ihn nicht verlassen.

Mensch, das ist seine Erkrankung.

Ich komme mir wie vor einem Tribunal vor. Bin angeklagt. Habe etwas falsch gemacht. Mein Kind hat sich nicht benommen. Nun wird die Mutter zur Rechenschaft gezogen.

Die Stimme des Heimleiters ist scharf. Er lässt mich gar nicht zu Wort kommen.

Wir werden ihm sein Bett wegnehmen. Das ist schon angewiesen worden.

Er schläft dann auf der Erde?

Im ersten Moment denke ich, dass es gar nicht so übel ist. Da kann er jedenfalls nicht rausfallen. Und vom Boden selbständig aufstehen kann er auch nicht.

Da müssen wir ihn erst mal fragen. Sage ich.

Er redet einfach über mich hinweg.

Die Sicherheit steht an erster Stelle. Die Entscheidung obliegt in meiner Macht.

Jetzt bringt er mich irgendwie auf die Palme.

Moment, sage ich, *die Selbstbestimmtheit meines Mannes hat aber Priorität*.

Aber nicht, wenn es um die Sicherheit Ihres Mannes geht. Entgegnet er mir wieder sehr scharf.

Ich werde säuerlich.

Augenblick mal, schließlich habe ich eine Vollmacht, und ich sage Ihnen, dass Sie nicht so ohne weiteres sein Bett entfernen können.

Wir streiten.

Ich lasse mich auf einen Kompromiss von drei Wochen Probezeit ein.

Nach zwei Tagen tritt mein Mann in den Hungerstreik. Er hört auf zu essen. Was ist los? Was hat er nur? Wieso isst er nicht? Keiner weiß Bescheid. Wir alle rätseln. Ich frage meinen Mann.

Was ist los? Wieso isst du nicht?

Er zeigt auf die am Boden liegende Matratze. *Hähä, ähh Bett,* krächzt er.

Du willst dein Bett wiederhaben? Frage ich nach.

Er nickt.

Ich telefoniere mit dem Heimleiter.

Wir müssen das mit der Matratzensituation auflösen. Mein Mann will das nicht, er ist schon in den Hungerstreik getreten.

Solange der Kopfschutz nicht da ist, bleibt es bei dem Plan. Ich kann das Risiko nicht eingehen. Ich werde ausschließlich nach meiner Einschätzung und Verantwortlichkeit handeln, da gibt es für Sie kein Mitspracherecht. Sie müssen mal Druck bei der Krankenkasse machen.

Also so geht das ja nun nicht. Sie können doch nicht einfach über meinen Mann hinweggehen. Können Sie sich vielleicht vorstellen, wie er sich vorkommt? Erniedrigt. Auf den Boden abgestellt. Das geht nicht.

Dann klagen Sie doch den Kopfschutz ein, dann geht es auch schneller.

Das ist doch wirklich unverschämt. Ich habe den Antrag schon vor zwei Monaten eingereicht, ich werde mir sicher nicht noch den Stress einer Klage an den Hals hängen. Und nochmal, ich habe sehr wohl ein Mitsprachrecht, ich bin...

Wir drehen uns im Kreis. Ich bin aufgebracht. Das Gespräch ist beendet. Mein Mann muss weiterhin auf der Erde schlafen. Unglaublich. Ich bin fassungslos. Gerne würde ich dem Kerl den Hals umdrehen. Zeitgleich fühle ich mich hilflos und ausgeliefert. Allein gelassen in diesem Dschungel von Bürokraten und Vorschriften. Das Mitgefühl und ein individuelles Denken gibt es nicht. Wie soll ich das bloß schaffen. In mir sträubt sich alles. Ich will das nicht so einfach hinnehmen. Mein Sohn sagt immer zu mir, ich soll mich nicht so aufregen.

Das bringt doch nichts. Spar dir deine Kräfte.

Da werde ich noch wütender. Aber ich weiß auch nicht, wie ich meine Wut kanalisieren kann. Alles ist so wahnsinnig anstrengend. Die seelische Belastung. Seine und meine Situation zu sehen. Jaja, ich weiß schon, annehmen ist das Zauberwort. Ich kann diese blöden Sprüche nicht mehr hören.

Du musst deine Situation annehmen, dann geht das auch leichter. Mach irgendetwas Schönes am Tag. Wenn du nur immer die Tage mit dem Thema zubringst, tust du dir und auch deinem Mann nichts Gutes.

Sprüche von Menschen, die nicht in solch einer Phase stecken. Alles was du nicht selbst erfährst, kannst du auch nicht in seiner ganzen Fülle erfassen. So einfach ist das. Da brauche ich keine klugen Sprüche. Da brauche ich ein mitschwingendes Herz, einen funktionierenden Verstand und ein **Dasein.** Punkt.

Ich halte nochmals fest: Ohne die Zustimmung meines Mannes und ohne meine wurde meinem Mann sein Bett vorenthalten. Dieser konnte auf Grund seiner sprachlichen Möglichkeit nur mit einer Verweigerung des Essens seiner Meinung Ausdruck verleihen. Die Heimleitung teilte mir telefonisch mit, dass sie ausschließlich nach ihrer Einschätzung und Verantwortlichkeit wegen seiner Sturzgefahr handeln würde und ich da gar kein Mitspracherecht habe.

Die Art und Weise seiner Wortwahl und seines Tones ließen keine Argumente zu. Meinen Hinweis, dass das Selbstbestimmungsrecht meines Mannes damit unterdrückt und er in seiner Würde beschnitten wird, kommentierte er gar nicht. In dem gleichen arroganten Ton stellte er mich vor die Möglichkeit zu kündigen. Auch bestimmte er den Zeitpunkt für die Wiederherausgabe des Bettes.

Dann endlich gibt es eine Zusage der Krankenkasse. Der Helm aus Leder wird angefertigt. Das dauert dann nochmal zwei Wochen. Mit dem Helm gibt es auch das Bett wieder.

Zum Frohlocken ist mir trotzdem nicht zumute. Die Art und Weise und die lange Wartezeit haben in mir viel Zorn hervorgerufen. Entsprechend kritisch und kontrollierend ist mein Blick auf die Behandlung meines Mannes gerichtet. Wann immer ich sein Zimmer betrete, sitzt er vor sich hin stierend an einem kleinen, eckigen Tisch. Der Anblick schockt mich jedes Mal und entfacht in mir das schlechte Gewissen. Also beginne ich sofort mit einem Programm. Nochmal Uno spielen, nochmal Mühe geben, fröhlich und munter für ihn sein. Er hat Schwierigkeiten die gefächerten Karten in der Hand zu halten. Ich fächere für ihn, dann lege ich sie in seine Hände. Ich staune. Er bedient immer noch ziemlich sicher die aufgehäuften Karten. Sein Blick ist indifferent. Ich weiß nicht, ob es ihm überhaupt Spaß macht. Wahrscheinlich wollen wir uns gegenseitig Freude bereiten. Ich lobe ihn für jede pfiffig gelegte Karte. Ich beobachte ihn. Wie schrecklich, denke ich. Gefangen im eigenen Körper. Die Gefühle bewegen sich ständig zwischen Verzweiflung und Vernunft. Dann ist Unterbrechung. Es gibt Essen. Na, das sieht ziemlich appetitlich aus. Darüber kann man sich nicht beschweren. Es sieht auch nicht nach Cateringessen aus. Alles scheint frisch zubereitet zu sein. Es gibt eine Suppe, Hauptgericht und Nachtisch.

Hmm, riecht gut.

Bemüht führt er den Suppenlöffel zum Mund. Nein, es funktioniert nicht. Sie läuft klaglos am Mund vorbei auf das großformatige Lätzchen für alte Menschen. Sie nennen es hier Schürze. Mir kommt immer das Wort „demütigend" in den Kopf. Er ist doch nur ein kranker Mensch, kein degradierter, kein Aussätziger, kein Bestrafter, nur ein kranker Mensch. Natürlich ist der Schutz praktisch, auch die Größe ist praktisch. Aber … es sieht einfach demütigend aus, finde ich. Ich werde mich wohl daran gewöhnen müssen. Doch in mir meldet sich trotzdem eine Antihaltung.

Das Fleisch sieht schmackhaft aus, das Gemüse besteht aus Möhren und Kohlrabi. Ich helfe ihm. Ich habe ihn gefragt. Ich darf ihn füttern. Nein, man sagt anreichen. Klingt viel besser, ist aber das gleiche. Ich staune immer über die eifrig kreierten Wortschöpfungen. Eine Putzfrau ist jetzt eine Reinigungskraft - eine Raumpflegerin, wie wäre es mit einer Raum-Designer-Managerin. Fakt ist doch, dass es sich immer um die gleiche, nicht Wert geschätzte Tätigkeit handelt und die Energie in andere Bezeichnungen gelegt werden. Eine „Schummelbewegung", die niemandem nützt und über nicht angegangene Probleme hinwegtäuscht.

Nach dem Essen muss er zur Toilette. Ich begleite ihn, helfe ihm beim Hinsetzen und denke, ich will das nicht mehr. Es tut mir nicht gut. In diesen fensterlosen Toilettenräumen riecht es sowieso schon schlecht, nach dem Toilettengang erst recht. Ich werde den Geruch nicht los. Ich bin jedes Mal traurig, weil dieser Geruch das Negative, nicht Entrinnen können, die Verzweiflung assoziiert.

Trotzdem begleite ich ihn. Ich glaube, ich denke, dass er sich lieber von mir in dieser aussichtslosen Lage helfen lässt als von irgendeinem Fremden. Ständig nagen dabei Kopfschmerzen an mir wie Blasen am Seifenschaum. Dann gehe ich hinaus und überlasse ihn seiner Notdurft. Das dauert. Nach gefühlten zwanzig, dreißig Minuten schaue ich vorsichtig ins Bad. Er ist noch immer bemüht. Mir ist das unangenehm, dass ich ihn quasi überwache. Ach Mensch, ich will das alles nicht. Endlich höre ich Papiergeräusche und warte noch einen Augenblick. Nur nicht auch noch Po putzen. Ich schaue nicht nochmal nach. Ich streife seine Hosen hoch, wasche ihm und mir die Hände. Ich habe schon beobachtet, dass das Personal ihm nicht die Hände wäscht. Das finde ich eklig. Wie schön ist es doch, wenn man diese selbstverständlichen Handlungen allein händeln kann.

Wann immer das Wetter es zulässt, gehe ich mit ihm hinaus. Frische Luft. Dort drinnen ist die Luft viel zu warm, zu stickig, zu neblig. Ja es fühlt sich wie ein dicker, wabernder, undurchdringlicher Nebel an. Alte, kranke Menschen. Im Rollstuhl. Am Rollator. Dement. Wackelnd, schlurfend, schreiend. Angst lugt aus nebulösen Gesichtern, die verloren nach Vertrautem suchen. Verbrauchte Luft, die im Nebel stochert, sich verfängt und am Boden verendet.

Jeder Sonnenstrahl streichelt unsere Haut, dringt in Zellen, Knochen und berührt sanft unsere Seelen. Die Welt ist schön. Das Leben ist schön. Nur der Augenblick zählt.

Im Eiskaffee erfreue ich meinen Mann mit Waldbeereneis. Das mag er. Oben auf thront das Sahnehäubchen. Ich helfe ihm beim Verzehr.

Das nächste Unglück lässt nicht lange auf sich warten. Sitze gerade am Computer, als mein Handy klingelt. Sogleich klopft laut das Herz an meine Rippen.

Können Sie kommen? Ihr Mann …

Ja, was ist denn? Frage ich nach.

Ja, also, Ihr Mann, der wollte sich aus dem Fenster stürzen.

Waaas? Meine Stimme rutscht sofort eine Oktave höher.

Ja, der wollte sich umbringen. Können Sie kommen.

Ich bin gleich da.

Mir bietet sich ein schon bekanntes Bild. In dem kleinen Raum, den mein Mann bewohnt, sitzt er mittig in seinem Rollstuhl. Um ihn herum wuseln zwei Pfleger, drei Leute vom Rettungsdienst, ein Praktikant, der den Koffer meines Mannes mit seinen Kleidungsstücken füllt.

Was ist hier los? Was soll das?

Wir müssen Ihren Mann mitnehmen.

Wieso das denn?

Ja, er hat einen Suizidversuch unternommen. Wir bringen ihn ins Psychiatrische Krankenaus.

Kommt nicht in Frage. Das lasse ich nicht zu. Der bleibt hier. Alle raus hier. Ich will mit meinem Mann alleine reden. Ich bin total außer mir. *Was läuft hier eigentlich?*

Tatsächlich lässt man uns alleine.

Pass auf, eindringlich beuge ich mich zu meinem Mann und eindringlich klingt meine Stimme, *du musst jetzt einen Kompromiss eingehen. Du nimmst ausnahmsweise eine Beruhigungstablette. Die wollen dich nämlich hier mitnehmen. Ins Krankenhaus, vielleicht auf die Geschlossene. Das willst du doch nicht, oder?*

Er versucht seinen Kopf zu schütteln. Habe meine Gefühle abgespalten, funktioniere, kämpfe gegen den Wahnsinn, der sich mir ständig entgegendrängt.

Na siehst du, ich will das auch nicht. Ich werde jetzt rausgehen und eine Beruhigungstablette holen, okay? Er versucht zu nicken.

Draußen wartet das ganze Aufgebot von Pflegern, Rettungsleuten.

Ich habe mit ihm gesprochen, ich gebe ihm jetzt eine Beruhigungstablette und dann beruhigen wir uns alle mal.

Das muss der Arzt entscheiden. Ich kann da gar nichts machen. Ich kann aber den Heimleiter anrufen. Die diensthabende Pflegerin ist überfordert, hat keine Befugnis und versucht sich zu retten.

Ja, tun Sie das.

Sie reicht mir den Hörer. Am anderen Ende ist die mir bekannte Stimmer.

Also Frau X, wir haben aus gutem Grund den Rettungsdienst gerufen. Hier hat eine Selbstgefährdung bei Ihrem Mann stattgefunden. Das ist zu seinem Schutz.

Momentmal, sage ich, *das glaube ich nicht, dass er sich aus dem Fenster stürzen wollte. Ich werde es auf keinen Fall zulassen, dass man ihn in eine Klapse bringt, ihn gegen seinen und meinen Willen einsperrt. Ihn vielleicht noch medikamentös einstellt. Niemals.*

Meine Stimme bekommt schon wieder den piepsigen Ton.

Wenn Sie sich dagegenstellen, werde ich den Ordnungsdienst rufen lassen. Er droht mir schon wieder. Er hat einfach aufgelegt.

In mir tobt alles. Die Mischung aus Verzweiflung und rasender Wut treibt mir die Tränen in die Augen. Die Ärztin aus dem Rettungswagen kommt auf mich zu

Wissen Sie, sagt sie zu mir mit ruhiger, freundlicher Stimme, *ich verstehe Sie ja, aber das ist schon eine brenzlige Angelegenheit, auch für das Heim. Sie sind doch das Sprachrohr Ihres Mannes. Wir fahren Sie ins Krankenhaus, dort gehen Sie mit Ihrem Mann gemeinsam ins Gespräch, und ich verspreche Ihnen, dass man sich genau die Situation anschauen wird. Wenn überhaupt, bleibt Ihr Mann eine Nacht zur Beobachtung dort. Ich spreche vorher mit dem diensthabenden Arzt.*

Ich bin in der Zwickmühle. Der Rettungsdienst ist vor Ort und wartet aufs OK. Der Druck des Heimleiters mit Androhung, wieso droht er mir mit dem Ordnungsdienst, ich verstehe den Zusammenhang nicht. Die Ärztin vom Rettungsdienst, die eindringlich zu mir spricht. Dieser Druck. Schnell muss eine Entscheidung her. Ich kann das ganze Maß des Vorfalls überhaupt nicht überblicken. Jedenfalls kann die junge Ärztin mich etwas beruhigen, sie nimmt Einfluss auf mich.

Wir sitzen beide wie verlorene Seelen in dem ungemütlichen Rettungswagen. Wir halten uns gegenseitig fest. Ich beruhige meinen Mann oder mich, oder uns beide.

Die müssen das machen. Die haben sonst Probleme und kriegen Ärger, wenn die dich nicht untersuchen lassen.

Was wollen die denn untersuchen? Kann man da irgendetwas messen? Unterhalten können die sich doch gar nicht mit ihm. Ich werde wieder leicht panisch. Ich werde ihn auf keinen Fall dalassen. Da bin ich mir sicher. Stelle mich aber auf Krawall ein. Ich komme mir vor wie eine Löwin, die Gefahr wittert, den Kopf in die Höhe streckt, die Augen aufmerksam das Terrain abstecken lässt und mit dem geöffneten Mund vorsichtshalber schon mal Zähne zeigt.

Ganz fest halten wir uns an den Händen. Der Blick der Ärztin in dem wackelnden Auto versprüht Zuversicht. Dann endlich holpert das Fahrzeug die letzten Meter bis vor den Eingang des Krankenhauses. Ich steige aus, und für meinen Mann holt man beflissentlich einen Rollstuhl. Mein Blick wandert über das Gelände, ich halte Ausschau nach meiner Tochter, die uns mit unserem Auto gefolgt ist. Ich sehe sie nicht. Na, hoffentlich findet sie uns noch, denke ich, während uns die automatische Eingangstür verschluckt. Mit dem Rettungsteam, meinem Mann und mir durchlaufen wir die stillen Gänge. Schließlich ist es schon Abend geworden. Es ist unheimlich. Sie bringen uns in einen riesigen Warteraum. Leer. Ganz leer. Groß und leer. Im Flur bemerke ich eine dünne Gestalt. Eine junge Frau. Vielleicht dreißig. Sieht runtergerockt aus. Sie weint. Ein Pfleger kommt auf sie zu. Er redet auf sie ein. Sie schluchzt, dreht sich weg. Er insistiert. Sie will weg. Ich bin schon auf dem Sprung. Ganz auf ihrer Seite. Die können sie doch nicht einfach festhalten. Es ist beklemmend. Bedrohlich. Natürlich weiß ich nicht, was mit dieser Frau los ist. Ich schaue auf meinen Mann und mir wird angst und bange. Vom Wartezimmer aus kann ich durch eine Glasscheibe die Rettungsärztin sehen. Sie spricht mit jemandem. Ich kann nicht sehen mit wem. Sie spricht aber sehr ruhig, unaufgeregt. Im Flur ist es wieder still geworden. Die junge Frau ist nicht mehr zu sehen. Da kommt plötzlich ein Pfleger oder Arzt, was weiß ich, um die Ecke. Er sieht seltsam aus. Irgendwie bedient er das Klischee des verrückten Irrenarztes. Er kommt ins Wartezimmer reingeschossen.

Frau XY? Dann noch einmal *Frau XY?*

Er stapft wieder hinaus. Stille im Flur. Dann kommt er wieder um die Ecke geschossen, stürzt ins Wartezimmer, das außer meinem

Mann und mir gähnend leer ist. Er blickt sich wild im Raum um und wiederholt: *Frau XY? Frau XY?*

Nee, sage ich, *die ist immer noch nicht hier.*

Er übersieht mich und zieht ab.

Endlich werden wir abgeholt. Eine junge Frau, höchstens Mitte Zwanzig, begleitet uns durch den langen stillen Flur. Sie öffnet eine Tür und bittet uns sehr höflich hinein.

Unsere Tochter kommt noch. Sie ist mit unserem Auto hinterhergefahren.

In diesem Moment klopft es auch schon an die Tür. Ich bin froh, dass sie da ist, schließlich sind wir doch ein Team. Gespannt verfolgen wir die etwas unsichere Vorgehensweise dieser jungen Ärztin. Ihr Stimmchen klingt wie die eines Kindes, das eine Gute-Nacht-Geschichte vorgelesen haben möchte. Trotzdem entpuppt sie sich als eigenständig in ihrem Urteil. Die an meinen Mann, meiner Tochter und mir gerichteten Fragen der Ärztin, ob er sich willentlich selbst töten wollte, können wir gemeinsam aus dem Weg räumen.

Nachdem sie sich zweimal telefonisch Rückendeckung von ihrem Chef erfragt hat, entlässt sie uns mit aufmunternden Worten.

Wir fahren zurück ins Heim. Dort schläft schon alles, und wir müssen die Nachtklingel bemühen. Draußen weht ein kräftiger Sturm, der uns ins Wunderland wegpusten könnte. Aber wir befinden uns in der Realität und die lässt uns den Sturm in alle Glieder fahren, wir frösteln – nicht nur wegen des Sturms. Endlich gewährt man uns Einlass. Auf der Station ist man sehr erstaunt, dass wir meinen Mann wieder zurückbringen.

Nächster Morgen. Ich bin auf Hundert. Mein Adrenalinspiegel glänzt in dem kräftigsten Rot, das ich mir vorstellen kann. Ja, mein

Adrenalinspiegel ist rot. Ich fahre, nein, ich rase ins Heim. Meine Empörung hat sich nach dem gestrigen Abend nochmals potenziert. Ich düse durch zum Chef. Dachte ich jedenfalls.

Haben Sie einen Augenblick Zeit? Ich warte keine Antwort ab. *Ich will mich beschweren.* Er steht langsam auf. Macht ein unsicheres Gesicht. *Sie wissen doch, was gestern vorgefallen ist, oder?* Er nickt. Wir setzen uns. Meine Worte können nicht schnell genug ihren Resonanzraum verlassen.

Der Heimleiter hat sich dermaßen, übrigens zum wiederholten Male, erdreistet, über unsere Köpfe hinweg, meinen Mann gestern in ein psychiatrisches Krankenhaus bringen zu lassen. Ohne unser Einverständnis. Darüber hinaus hat er mir, auch zum wiederholten Male, gedroht. Das lasse ich mir nicht gefallen. Das ist eine Unverschämtheit. Was nimmt sich dieser arrogante Kerl eigentlich heraus. Wer ist hier der oberste Chef?

Der Herr X, dringt es unbehaglich aus seinem Mund.

Ach, das ist ja ein Ding. Und dann benimmt der sich so!

Reden Sie doch nochmal mit ihm.

Das tue ich auf keinen Fall, mit dem rede ich überhaupt nicht mehr.

Dann sprechen Sie doch mit der Stellvertreterin.

Noch immer im gestressten Zustand klopfe ich an die Tür der Stellvertreterin.

Sie weiß schon über alles Bescheid. Sie hat großes Verständnis für meine Aufgebrachtheit. Sie versichert mir, dass wir eine Lösung finden werden, um diesen tragischen Abend aufzuklären. Sie schlägt ein Ethikgespräch vor. Die Betroffenen, Beteiligten sollen sich an einen Tisch setzen und sich miteinander austauschen.

Sind Sie damit einverstanden? Ich nicke zustimmend.

Sie ist sehr bemüht, kann meinen Ärger absolut nachvollziehen und lässt mich erzählen. Und ich lasse die gemachten Erfahrungen lauthals in ihr interessiertes Gesicht blubbern. Nach einer Stunde Empörung verabschieden wir uns wie zwei Freundinnen, geben uns die Hand, und sie versichert mir, mich so schnell wie möglich über den bevorstehenden Termin zu unterrichten.

Leer geredet und ein wenig erleichtert, glaube ich mich durchgesetzt zu haben. Mit der neuerlichen Energie gehe ich zu meinem Mann. Wir spielen Uno. Er weiß nicht, was sich gerade einige Räume weiter abgespielt hat. Ich habe mich unter Kontrolle.

Nach zwei Tagen bekomme ich den Termin. Am folgenden Dienstag ist das Ethikgespräch anberaumt. Der Termin passt. Ich bereite mich vor. Sämtlich gemachte Abläufe halte ich schriftlich fest. Passe genau auf, dass ich auch kein einziges Detail außer Acht lasse. Immer wieder lese ich mir den Text laut vor und bin jedes Mal total erschrocken.

Dienstag. Mein Sohn, meine Tochter und ich stehen kurz vor 14 Uhr vor dem Heim. Mit einem aufmunternden Lächeln schreite ich voran durch die sich automatisch öffnenden Türen. Wir betreten den dritten Stock, öffnen den Konferenzraum. In einer Runde sitzen acht Menschen, deren Augenpaare auf uns drei gerichtet sind. Direkt mir gegenüber sitzt dieser arrogante Schnösel, dem wir hier alle das Treffen zu verdanken haben. In der Runde erkenne ich noch die Psychiaterin, die meinen Mann zwei-dreimal aufgesucht hat. Ihre Fähigkeiten haben mich nicht überzeugt. Die Art und Weise, in der sie mit meinem Mann gesprochen hat, überdeutliche Artikulation, überdimensionales lautes Sprechen. Warum um Gottes Willen können Fachleute nicht dem Krankheitsbild entsprechend mit dem Kranken reden? Warum behandeln ihn alle, als bekäme er nichts mehr mit, so als verstünde er nicht, was sie ihn fragen? Warum hat diese Frau ihn gefragt, weshalb er nicht in der Lage ist, adäquat mimisch zu reagieren? Hallo! Er hat eine Blickparese!

Ich registriere diese Dame und bin not amused. Links im Raum erblicke ich die Pflegerin, die seinen Suizidversuch beobachtet haben will. Neben ihr sitzt die Stationsleiterin. Die restlichen Damen sind mir nicht bekannt. Höflich und sehr freundlich stellen sie sich uns vor und bitten uns Platz zu nehmen. Eine von den unbekannten Frauen beginnt nach der allgemeinen Begrüßung über Ethik im Allgemeinen und in dem Verständnis ihrer Heimvorschriften zu zitieren. Ich werde unruhig. Was soll das? Ich will nicht über Ethik reden, sondern ethisch diese Ungeheuerlichkeit loswerden. Nun gut, es war nur eine Einführung. Jetzt ergreift der Chef das Wort. Ich schaue ihn strafend an, ganz gerade, durchbohre ihn, lege meine ganze Wut und Verachtung in meinen Blick. Zunächst erteilt er der Stationsleitung das Wort mit der Bitte, den Anwesenden den allgemeinen Tagesablauf zu schildern. Wir erfahren eine brave Schilderung über meinen braven Mann. Bis auf die Tatsache, dass er immer aufstehen will, ist er friedlich. Jetzt soll uns die Pflegerin über den besagten Tag informieren. Sie eiert ein bisschen herum. Das Fenster hätte offen gestanden und mein Mann hätte Anstalten gemacht, sich aus diesem zu stürzen. Nun darf ich auch mal meinen Senf dazugeben. Ich habe meine Aufzeichnungen vor mir liegen. Doch ich rede frei und wie ich finde sehr deutlich, mit genau dem Gefühl, was sich in mir festgesetzt hat. Ich bleibe dennoch angemessen im Tonfall und in der Wortwahl.

Mein Mann ist ein Familienmensch, stets hat er sich verantwortlich für seine Familie gezeigt. Glauben Sie im Ernst, dass er sich aus dem Fenster stürzen würde und uns mit seinen Resten allein

lassen wollte? Sie hätten nicht gleich mit Schnellschüssen auf-
warten müssen.

Mein Sohn und meine Tochter äußern sich ebenfalls in gleicher Weise. Jetzt kommt nochmal die Psychiaterin zu Wort. Ach herrje, denke ich. Bin dann aber sehr erstaunt, dass ihre kurze Zusammenfassung mit ausschließlichem Blick auf meinen Mann und die Einschätzung auf den Zusammenhalt der Familie, auf meine Anerkennung stößt. Nach unseren glaubwürdigen Schilderungen ist ihr klar geworden, dass die Selbstbestimmtheit meines Mannes ein hohes Gut für ihn bedeutet. Sie plädiert dafür, dass auch genau dieses erhalten bleiben muss. Die Schriftführerin hält also fest, dass ohne unsere ausdrückliche Zustimmung keine Maßnahmen vorgenommen werden dürfen. In allen Fragen muss zuvor mein Einverständnis abgewartet werden. Ich atme tief durch und bin erleichtert. Dass sich der Heimleiter noch dazu durchringt, vor versammelter Mannschaft eine Entschuldigung an mich zu richten, ruft spontan ein „Angenommen" in mir hervor. Doch bevor ich nicken will, hat sich auch schon ein widerspenstiges NEIN in mir gemeldet. Das verzeihe ich dem nicht, niemals. Das muss er erstmal beweisen.

Die Wochen gehen ins Land. Alles hat sich etwas beruhigt. Ich auch. Das tut meiner Energie gut, die ich nun mal ein wenig auf mich lenken kann. Ich versuche es. Regelmäßige Bewegung. Mangels Geld betreibe ich solo zuhause mein morgendliches Gymnastikprogramm. Nur nicht unbeweglich werden. Danach gehe ich an der frischen Luft eine Runde laufen. Natürlich habe ich nicht immer Lust dazu. Unseren Hund gibt es leider nicht mehr und somit ist das tägliche **Muss** vom Tisch. Ich diszipliniere mich also selbst. Gut so. Dann erledige ich die sonstigen Alltäglichkeiten, bevor ich ins Heim zu meinem Mann fahre. Ich bekomme die Krise, wenn ich ihn wieder mal halb zur Seite gekippt in seinem Rollstuhl vorfinde.

Sieht das denn keiner? Hallo, mein Mann liegt fast auf dem Tisch, der kann sich doch nicht alleine halten.

Eben saß er noch ganz normal im Rollstuhl, vielleicht wollte er wieder aufstehen.

Natürlich können auch die Pfleger nicht permanent auf sämtliche Bewohner aufpassen. Aber wer denn sonst? Das Heim kostet nun schon über 5000 €. Jedenfalls treibt mir dieser Anblick jedes Mal den Schweiß auf die Stirn. Was ist das denn bloß für ein System? Ja, die Bewohner werden versorgt. Ja, sie werden gewaschen, gekämmt, gekleidet. Ja, sie bekommen regelmäßig Essen und Getränke. Manche Pflegerinnen sind echte Perlen in einer Kette. Leider sind einige Perlen Plagiate. Selten sehe ich einen vom Pflegepersonal, der sich zu einem dieser armen Menschen setzt. Mal mit ihnen plaudert, sie erzählen lässt. Radio laufen lässt, anspruchsvolles, wäre auch eine Option. Fetzige Musik, an die sich der eine oder andere erinnern kann, gute Laune Musik. Nicht nur das seichte Geplärre aus der Schlagermusikmassenbranche. Musik, die den jeweiligen Bewohner an seine Highlights erinnert. Ich bin mir sicher, dass es bei jedem solche Erinnerungen gibt. Warum gibt es nicht eine stattliche Zusammensetzung von der jeweiligen Generation mit deren historisch musikalischen Schwerpunkten? Das wäre doch eine besondere Unterstützung für Demenzerkrankte.

Nein, es herrscht Totenstille. Manchmal ist am Vormittag auch niemand vom Personal zu sehen. Da sitzen dann die krummen, in sich zusammengefallenen Menschen in ihren Rollstühlen am Tisch. Sie dösen. Schlafen. Sind in sich versunken. Entrückt. Essen gibt es ab 12 Uhr. Es ist aber erst 11 Uhr. Ich sehe niemals ein

Lächeln auf einem dieser Gesichter. Nein, sie sind zerfurcht, dem Tod geweiht und dennoch auf der Lebendseite. Ein bisschen. In keinem von ihnen sehe ich Hoffnung. Wir Angehörigen wollen unseren Partnern oder Eltern sicher das Leben so schön wie möglich erlebbar gestalten. DAS IST UNSAGBAR SCHWER. Weil wir uns noch auf der anderen Seite befinden. Im Leben. Vermutlich. Kein Mensch kann nur geben. Nur aus sich selbst schöpfen. Als Partner steht man selbst aus Altersgründen in dem Dilemma der begrenzten Lebensjahre. Die allgemeine Power hat auch schon nachgelassen. Die Verarbeitung und im besten Fall die Akzeptanz der veränderten Lebensweise zollen ihren Tribut. Will sagen – die Kräfte schwinden. Den Partner möchte man nicht belasten. Der ist schon ausreichend belastet. Diese kleinen unscheinbaren Energievernichter bringen dem Partner Freude, dem Angehörigen entziehen sie Kräfte. Darum freut es mich besonders, als ich eine von den echten Pflegeperlen sehe, wie sie einer Bewohnerin die Nägel rot färbt. Ein sehr schönes Bild. Die Bewohnerin ist glücklich, stolz über das Ergebnis. Die Pflegerin plauscht munter mit ihr. Zwei Freundinnen, die sich hübsch machen wollen.

Einmal in der Woche wird eine Gruppenbetreuung anberaumt. Das ist die zusätzliche Betreuung nach §43b. Es ist gut gemeint, aber schlecht gedacht. Schrecklich. Da sitzen bis zu zehn Kranke, nicht voll ansprechbare Menschen mit ihren persönlichen Handicaps, fast alle im Rollstuhl. Viele von ihnen sind dement. Die Betreuerin, übermotiviert, singt aus Leibeskräften Volkslieder. Niemand singt mit. Einige halten die Augen fest geschlossen. Mein Mann schaut, wie so oft, an die Decke. Nun setzt sie noch eins drauf. Sie spielt einen kleinen Ball dem einen oder anderen zu. Laut ruft sie dessen Namen. Sie versucht Spaß zu verbreiten. Frau X fängt aber nicht den Ball. Meinen Mann lässt sie aus. Er wird ihn nicht fangen können. Dabei war er mal Handballer. Sie macht tatsächlich die Stunde voll. Sie ist aber auch die einzige, die lacht, als sie den Raum verlässt.

Den Höhepunkt hatte ich letzte Woche. Da saßen außer der Bespaßerin noch drei andere Frauen in dem Kreis. Ich nehme an, dass es sich um Ehrenämtlerinnen handelt. Auch total übermotivierte Helferinnen. Das ist natürlich sehr schön, und sie verdienen in jedem Fall höchsten Respekt. Jede von ihnen hält ein farbiges Tuch in der Hand. Sie wedeln damit unaufhörlich vor der Nase des Bewohners. Mein Mann hält seine steifen Hände so gut es geht vor sein Gesicht. Sein starrer Blick ist wieder an die Decke geheftet. Mir geht in dem Moment so durch den Kopf, dass ausgerechnet mein Mann sich dieser Kinderei aussetzen muss. Er war grundsätzlich nicht für solche Spielchen zu haben. Warum behandelt man erwachsene Menschen wie Kleinkinder? Warum ist der Tonfall stets laut, zu laut? Zu deutlich? Warum lacht man ohne Grund über die Köpfe dieser Bewohner, nicht mit ihnen? Warum?

Ich möchte diesen bemühten Menschen nicht zu nahetreten. Sicher, sie möchten etwas Gutes tun. Sie geben sich viel Mühe. Ja, und sie finden Anerkennung. Das freut mich. Und trotzdem. Das kann doch nicht des Rätsels Lösung sein.

Ich achte bei meinem Mann auf seine minimalen Reaktionen. Versuche diese in seinem Sinne zu interpretieren. Ich frage nach. In seinem Fall kann ich mit immer nur einer konkreten Frage seinen Wunsch oder seine Befindlichkeit herausbekommen. Da er seinen Daumen bewegen kann, reagiert er auf meine Frage mit seinem Daumen. Nach oben gezeigt, bedeutet ein Ja, in die Waagerechte, geht so, nach unten ist ein Nein. Es ist ganz leicht. Er reagiert. Er ist direkt. Keine Spielchen. Klare Antworten. Egal was ich auch immer mit ihm oder für ihn einsetze, er reagiert. Beim Vorlesen z.B. bemerke ich irgendeine Bewegung in seinem Körper. Ich frage nach. Okay, ich soll aufhören zu lesen? Beim Gitarrenspielen mit meinem „reinen Stimmchen" begleitet, bekomme ich unumwunden mit, wenn er das nicht mehr hören möchte. Bei meinen „learning by doing" Massagen, die er meist sehr genießt, ist er je nach Tagesform manchmal schon nach einer halben Stunde ermüdet. Er will dann nicht mehr.

Über die Plantagen spazieren, ins Örtchen schauen, vielleicht ein Eis zu sich nehmen. Das geht immer. Wenn er früher nicht raus wollte, jetzt will er. Wenn es das Wetter zulässt, ist das auch immer meine Option. Im Frühling zeige ich auf jede sprießende Blüte, mache auf das erste Grün der Blätter aufmerksam. Ermuntere ihn, eine Nase Frühlingsduft einzuatmen. Der Sommer zeigt uns die wundervollen Farben. Da blickt uns das Rot der erblühten Rosen entgegen. Kornblumen schimmern blau durch das Grün der Wiesen. Gelb, Orange, Lila, Weiß, Rosa vereinen sich in besonders blütenfreundlichen Gärten. Das ist einfach ein Strauß gewordener Traum, der sich uns charmant zeigt. Im Spätsommer sehen wir der Apfelernte mit tatsächlich knallroten Äpfeln zu.

Und in all diesen Jahreszeiten verändert der Himmel permanent seine Stimmungen. Ein klarer blauer Himmel, der die Sonne kraftvoll scheinen lässt, ist sicher an Schönheit nicht zu überbieten. Aber spannend zeigt sich der Herbsthimmel, mit seinen wütend werdenden Wolken. Wie sie sich zusammenbrauen. Sich die riesigen Figuren zuwerfen, sich verbinden, um sich fast gleichzeitig wieder zu trennen. Da rottet sich alles zusammen, was Größe und verändernde Formen hat. Bedrohlich. Fast unheimlich, wenn plötzlich wie mit Geisterhand ein heller Strahl durch die Massen scheint.

Dann im Winter, wenn der Schnee sich sanft und jungfräulich auf die Erde bettet, dann, ja dann erfasst mich eine seltsame Ehrfurcht. Glitzernde Schneefelder, Straßen, haben ihr schönstes

Kleid bekommen. Unbefleckt. Weiß, ohne jeden Makel. Diese Schneepracht lässt die Welt in eine Ruhe und Frieden tauchen, die wir uns wünschen. Was für ein Bild. Was für ein Traum. Ich reiche meinem Mann Schnee, den ich zu einem Schneeball geformt habe. Er hält ihn fest. Aber auch dieser wird sich auflösen, zerfließen, in der Erde versickern. Wie alles sich auflösen wird. In der Erde verschwinden wird. Es gibt auch wärmende Melancholie. Und genau so eine hat mich bei seinem Anblick gerade erwischt.

Bei mir verlaufen die verschiedenen Phasen in Intervallen. Heute gelingt mir die liebevolle Zuwendung und nächste Woche schon wieder nicht mehr. Dann fahre ich nach meinem (fast) täglichen Besuch betrübt nach Hause. Ich fühle mich leer und ausgebrannt. Meine negativen Gefühle legen sich in mein Äußeres. Kein Lächeln. Kein Leuchten in den Augen. Falten, die sich ungebremst ihren Weg in meinem Gesicht suchen. Wie eine Landkarte, die im ersten Augenblick Verwirrung stiftet. Vielleicht hätten meine Mundwinkel andere Wege lostreten können, wenn... ja, wenn...

Mein Blick wandert in den Himmel.

Dein Schatten

Werde eins mit den Weiten des Himmels

Lasse meine Blicke in die Bäume spiegelnder Pfützen tauchen

Stoße den Atem in die klare Luft meiner Träume

Bette mein Haupt auf deinen Schatten

Doch du bist stumm.

Wir haben Februar 2019 und unfassbar schönes Wetter! Vorwitzig hat sich der Frühling mit astreinem blauem Himmel und kinderrunder Sonnenkugel im Universum ausgebreitet. Genauso hat sich meine Laune sprunghaft verbessert, sie knistert neugierig, ja begierig in die Sonnenstrahlen. Das fühlt sich so richtig gut an. Ich will diese ersten Frühlingsglücksgefühle sogleich mit meinem Mann teilen. Er ist jetzt schon eineinhalb Jahre im Heim. Trotz der Sonne packe ich ihn in den „Rollstuhlwarmwettersack", Mütze auf und Sonnenbrille nicht vergessen. Los geht's. Immer der Sonne entgegen. Die Obstplantagen laden uns auf geteerten Wegen dazu ein. Ein bisschen gleichen die Wege einem Irrgarten, in dem man, wenn man wollte, gefühlt bis in die Unendlichkeit laufen könnte, dem Himmel immer so nah. Der Rollstuhl rollt und mit ihm meine Gedanken. Mir ist die Sendung vom WDR 5 im Ohr hängen geblieben. Wie passend hat man dort zum wiederholten Mal das Thema Pflege verhackstückt. Mit **man müsste, man sollte, man könnte.** Wenn nur der Konjunktiv nicht wäre! Jetzt wird also alles viel besser. Mehr Geld für die Angehörigen, fürs Personal, mehr Auszeiten per App. Da muss ich schon mal passen, das habe ich nicht alles verstanden, das mit der App. Irgendetwas mit jederzeit jemanden finden, der sich dann um den jeweils zu Pflegenden kümmert, wenn ich nicht mehr kann. Ahhha, das wird wunderbar. Alle werden so richtig glücklich. Blablabla! So schallt es schon seit Jahren durch den Äther, durch die Radiowellen, die Printmedien, die TV-Sendungen.

Also da hätte ich mal einen ganz einfachen Einfall. Man frage die Betroffenen, sammele die Problematikpunkte, zähle alles zusammen, greife in die große Steuertüte und verteile das Geld fein säuberlich auf die Kranken und deren Angehörige und natürlich auf die Pflegerinnen. So einfach. Naja, ist eben einfach. Das gilt nicht. Da muss man nicht um drei Ecken denken, muss nicht quer, kreuz, schräg, bis ins Unkenntliche denken, sondern nur geradeaus, und es muss sich natürlich rechnen. Für die Macher. Geradeaus denken heißt, keine Geschäfte mit Menschen! Kein Geschäftsmodell, das noch an der Börse mit Alten und Gebrechlichen Geld macht. Hallo, macht man sowas? NEIN! Wer krank, alt und dadurch abhängig von der Hilfe anderer ist, der ist auf keinen Fall eine Ware. Kapiert? Es wird doch wohl in dem reichen Deutschland machbar sein, dass der Staat seiner Fürsorgepflicht nachkommt und genau an der Stelle sein Bestes gibt. Oder etwa nicht?

Ich merke wie meine Gedanken außer Kontrolle geraten und ich schon wieder mal auf die Palme, die ich lieber auf den Kanaren ansehen würde, mit hohem Blutdruck steige.

Ich beuge mich zu meinem Mann hinunter, mache ihn auf den blauen Himmel aufmerksam, drücke ihn fest und meine Freude in sein Gesicht. Ich schaue auf seine Hände und sehe wie er sehr langsam seinen Daumen nach oben richtet. Gut, denke ich, der hochgereckte Daumen bestätigt auch seine empfundene Freude.

Doch schon kreisen wieder ungefragt meine Gedanken. Noch immer kleben sie an dem Thema Pflege. Da wollen sie wieder mal Pakete schnüren. Pakete, deren Inhalte Luftblasen enthalten, die groß und größer werden. Die Post, DHL und Konsorten haben ihre liebe Not damit. Die Größe übersteigt ihre Geschicklichkeit, um die Pakete auszutragen. Sie sind so unhandlich geworden, die aufgeblähten Pakete. Beim Abstellen darf kein kleiner Windhauch aufkommen. Da haben die Stürme, die nun auch bei uns Einzug gehalten haben, leichtes Spiel. Die luftigen Dinger werden einfach davon geblasen. Da werden die geradezu übereifrigen Politiker nicht müde wieder neue Pakete zu schnüren. Noch luftiger, noch riesiger. Bravo, da muss es doch auch mal einen Applaus geben.

Jetzt reicht's aber. Immer so negativ. Auch das will keiner hören. Wenn ich mich schon mal darüber austauschen möchte, ernte ich ein bewusst unüberhörbares **Hmm** und eine schnelle Überleitung zu einem anderen Thema. Nun ja, es stimmt schon. Die Themen werden allgemein immer unübersichtlicher, genau wie unsere Bürokratie, mit dem gesunden Menschenverstand kann man heute nicht mehr punkten. Da wird einem schon vom Zuhören schummerig. Wie muss es erstmal den Politikern gehen mit all dem Durcheinander!

Nach knapp zwei Stunden in der Natur sind wir wieder zurück. Ich vermeide das Wort Zuhause. Denn für ihn gibt es dieses, sein Zuhause, nur noch als Besucher. Ich benutze es nicht mal in meinen Gedanken. Da erscheint dann ein STOPP. Da halte ich mich dran. Vielleicht schaffe ich das auch noch bei meinem sonstigen runden Gedankenkarussel. In seinem Zimmer angekommen, meistern wir die Prozedur des Auspellens. Mütze ab, Sonnenbrille weg, Jacke aus und aus dem Sack schälen. Das ist der schwierigste Akt. Auf meine Frage, ob er sich hinlegen möchte, zeigt er mit dem Daumen hoch. Los geht's. Den Rollstuhl per Hebel feststellen, dann auf **Drei** meinen Mann hochheben. Hierbei muss er versuchen, mir seine Arme um meine Taille zu legen. Das kann er nur bedingt, aber ich nehme eine stabile Haltung ein und schwupp, habe ich ihn in die Senkrechte gebracht. Das ist dann immer der Augenblick, in dem wir uns fest in den Arm nehmen. Ganz eng, ganz nah. Er hat noch mächtige Kräfte in seinen Händen. Ich spüre sie auf meinem Rücken. Stille. Die Zeit bleibt einen Augenblick stehen.

Da ist es wieder. Das leidige Thema Beihilfe. Was ist da los? Kochsalzlösung wollen sie nicht anerkennen? Ich soll auf meinen 205 € sitzen bleiben? Ich rufe die Beihilfe an. Sie sind mal wieder nur von 8.30 bis 11.30 Uhr zu erreichen. Ich frage nach.

Wie, da muss ein Medikament mit auf dem Rezept stehen? Wieso denn? Ist doch schon öfter bezahlt worden.

Nein, sagt die Sachbearbeiterin, **der Kollege hat es nicht anerkannt.**

Machen Sie das willkürlich, anerkennen oder nicht?

Na, dann haben Sie es ungerechtfertigter Weise bekommen, argumentiert die Gute.

Können Sie mir das mal erklären?

Ich habe es Ihnen schon dreimal erklärt, fährt sie mich belehrend an.

Na, da müssen Sie es mir noch mal erklären, mir erschließt sich Ihr Vorgang nicht. Oder aber Sie können es nicht erklären, wage ich mich aus der Reserve.

Der Arzt muss eine Medikation angeben, sonst wird es nicht genehmigt.

Warum kommunizieren Sie nicht gleich mit dem Arzt. Ich bin keiner, und ich kann Ihnen nicht sagen, was da drin ist.

Langsam rege ich mich auf. Ich weiß, dass es mir nicht bekommt. Das Rauschen in meinen Ohren gleicht einem Ozean. Aber das kann doch nicht sein, dass ich mich damit immer wieder rumschlagen muss. Ich versuche der Dame klarzumachen, dass mein Mann ein wirklich schwerer Pflegefall ist und dass er auszutrocknen droht, wenn er nicht diese Infusionen erhält.

Die Dame reagiert nicht darauf. Ich gebe auf.

Dann habe ich noch eine Frage. Ist das Fresubin anerkannt worden? Ich habe gestern eine Rechnung von 288 € eingereicht.

Das kann ich Ihnen nicht sagen. Das gehört zum Schriftverkehr.

Hören Sie, jetzt rauscht der letzte Funken Ruhe gerade zum Fenster hinaus. *Das ist doch wirklich eine einzige Zumutung, der man uns Versicherungsnehmern aussetzt. Ständig dieses Nachfragen bei nicht gezahlten Rechnungen, dann muss man im besten Fall eine Nachrechnung einreichen, man muss ständig hinterher telefonieren, wobei die Kontaktaufnahme ohnehin dermaßen begrenzt ist. Alles muss man prüfen, nachfragen, warten. Wer bezahlt mir eigentlich die vielen Stunden, die ich für dieses unsägliche System aufwenden muss? Wer schult mich in diesem Bereich, der nun wirklich nicht mein ausgesuchter Beruf ist?*

Ich fühle mich an den Rand gedrängt, nicht gesehen mit der großen Problematik und der starken Belastung. Fühle mich in meiner Intelligenz und meinen Emotionen beleidigt. Die ganze Kraft lege ich in die Begleitung meines Mannes. Das tägliche Sterben meines Partners, die Herausforderung meiner psychischen, körperlichen, emotionalen, sozialen, organisatorischen, kommunikativen Belastungen, sensibilisiert meinen Blick auf unser System. Immer wieder gerate ich darüber in die Empörung, dass da irgendetwas nicht stimmen kann bei der „Zwangsbezahlung" von monatlich inzwischen 3000 € für einen Heimplatz. Es kann doch nicht sein, dass man mir finanziell auf niedrigstem Niveau ein minimales Budget überlässt, das mein komplettes Leben lahmlegt. Keinen Urlaub mehr erleben dürfen. Gerade jetzt brauche ich Auszeiten. Massagen, Wellness, verwöhnt werden, aufgepäppelt werden. Nein, nichts von alledem. Keine Kultur mehr besuchen können. Ausgeschaltet werden. Habe ich nicht auch ein Recht auf meinen Lebensabend? Habe ich nicht auch ein Recht, die Ernte meines arbeitsreichen Lebens zu nutzen oder gar zu genießen? War ich nicht auch immer für meine Familie da? Habe ich nicht drei Kinder großgezogen und meinem Mann damit den Rücken freigehalten? Habe ich nicht noch zusätzlich in den Abendstunden Weiterbildungen gemacht? Mein Leben war arbeitsreich.

Ich stoße an meine Grenzen. Grenzen, die verwackeln, sich auflösen, im Nirwana verschwinden. Meinen Mann begleiten. Seinem Abbau zuschauen. Seinem Leben noch ein Lächeln entlocken. Selbst das kann er nicht mehr. Seine Gesichtszüge sind lahmgelegt. Ihm den Himmel zeigen, den davonfliegenden Vogel beschreiben. An einer Rose riechen lassen. Auf einer Bank verweilen. Ihn umarmen. Seine Hände halten. Dann ist da noch auf der anderen Seite die Beihilfe, die ihrem Namen keine Ehre macht, die mir Stunden meiner Zeit, Kraft und Energie raubt. Unentgeltlich. Was bleibt, ist der Kummer des schwindenden Lebens. Die Angst, es nicht zu schaffen. Selbst daran krank und unbeweglich zu werden. Ins Unsichtbare zu verschwinden. Selbst nicht mehr dem Leben zugewandt sein. Heute habe ich noch Interessen und morgen?

Der Frühling gibt mir wieder Kraft. Dann gibt es schlechte Nachrichten. Das Heim meldet sich.

Ihrem Mann geht es schlecht, er kann nicht schlucken. Also, er isst auch nichts.

Es brodelt in seinem Kehlkopf. Er verschluckt sich. Abhusten ist nicht möglich und so quält er sich mit hochrotem Kopf. Ich habe Angst, dass er erstickt. Unsere Logopädin macht mir den Vorschlag, mich an die Hospizgruppe zu wenden.

Sie brauchen auch Unterstützung, die sind sehr nett, machen Sie mal einen Termin.

Das Wort Hospiz wirkt auf mich schon befremdlich. Da will ich nicht hin. Ich tue es trotzdem, da sein Zustand sich verschlechtert hat. Was und wie kann man ihm helfen? Was ist, wenn es noch schlimmer wird? Dann braucht er bestimmt palliative Unterstützung.

Der Termin findet bei einer Neurologin statt. Das trifft sich gut, genau solch eine brauche ich. Sie lässt sich den Krankheitsverlauf schildern, fragt mich, ob ich über den sich stets verschlechternden Verlauf informiert bin. Trotzdem weist sie mich auf die Möglichkeiten hin, als da sind: Sterben durch eine Lungenentzündung oder einen schlimmen Sturz, ansonsten ist das ein sehr langes Leiden. Ich traue mich zu fragen, wie lange solch eine Erkrankung dauern kann.

Fragen Sie lieber nicht, das weiß keiner. Denken Sie nicht darüber nach. Schauen Sie sich nach einem Hospiz um. Machen Sie dort einen Termin, reden Sie mit denen.

Schon wieder das Wort. Meine Tochter recherchiert und wird fündig. An einem Wochenende machen wir uns gemeinsam auf den Weg. Das weit entfernteste macht auf mich einen bedrückenden Eindruck, so dass ich das Haus direkt nach dem Hineingehen wieder verlasse. Das zweite liegt fast traumhaft, es könnte direkt ein Gemälde von Macke sein. Eine aufgeschlossene Sozialdienstleiterin nimmt Daten auf, zeigt das Haus und erläutert das Prozedere.

Allerdings wird es Schwierigkeiten geben, wenn der Kranke bereits in einem Pflegeheim untergebracht ist. Außerdem muss der Arzt den Notstand desjenigen festlegen. Eine zeitliche Angabe von einem halben Jahr Lebenserwartung muss festgelegt werden. Wow, das hört sich für meine Ohren schrecklich an. Na klar, in einem halben Jahr stirbt er. Systemfehler? Natürlich, es ist alles eine Frage des Geldes. Und was ist mit den Menschen?

Wir gehen aufgeklärt zum Auto. Sie haben ihn auf die Warteliste gesetzt. Das dritte Hospiz ist äußerlich nicht so schön. Die zuständige Aufnahmeleiterin dafür aber umso netter. Sie klärt uns ebenfalls über das Prozedere auf. Auch hier gehen wir mit einer Wartelistenaufnahme zum Auto. Der Arzt kann die Formulare nicht ausfüllen, da der Zustand meines Mannes auf unterem Niveau stabil ist.

Die Sache mit dem Hospiz ist erstmal auf Eis gelegt. Ich bin eigentlich froh darüber. Ein Wechsel hätte für ihn wahrscheinlich eine starke Unsicherheit und Verschlechterung mit sich gebracht. Nun geht also der ganz normale Wahnsinn weiter. Wieder hilft der Sommer. Täglich gehe ich mit meinem Mann hinaus. Wir lassen uns die Sonne ins Gesicht scheinen. In diesem Sommer wird es schon deutlich schwieriger, ihn mit Eis zu beglücken. Fast alles läuft wieder aus dem Mund raus. Nach jedem Versuch muss er schlimm husten. Ich versuche es trotzdem immer wieder. Ein bisschen Stress macht mir das laute, unkontrollierte Röcheln, da wir in der Eisdiele zum "Hingucker" werden. Ich will mich dadurch aber nicht beeinflussen lassen und suche immer wieder eine Eisdiele auf.

Die Zeit verstreicht. Der Wunsch, ihn aus seinem Einerlei herauszuholen gelingt mir, indem ich ihn nach Hause hole. Dort kann er dann unter den Bäumen auf der Liege liegen. Er hört die Familie, sieht die Enkelkinder, die seinen Zustand als gegeben hinnehmen.

Es ist schön zu sehen, wie Kinder selbstverständlich mit dem was ist umgehen können. Sie sind echt. Sie fragen nach, aber sie bewerten niemals. Mein Mann freut sich über die Kleinen. Er berührt gerne ihren Kopf oder die Hände. Ein Enkel setzt sich auch schon mal auf seinen Schoß, ein anderes fährt gerne eine Rally mit ihm in seinem Rollstuhl. Leider wird es zunehmend schwieriger, ihn ins Auto hineinzubekommen. Er versucht zwar mit Mühe mitzuhelfen. Doch er ist inzwischen so sehr versteift, dass er ganz schwer zu händeln ist.

Er ist nochmal aus dem Rollstuhl gefallen. Das Heim meldet sich.

Ihr Mann ist gefallen, der wollte aufstehen.

Naja, das kenne ich schon.

Er hat eine Platzwunde am Kopf. Ich habe ihn verbunden. Es sieht nicht ganz so schlimm aus. Vielleicht sollte er vorsichthalber ins Krankenhaus?

Nein.

Ich bin froh, dass seit dem Ethikgespräch meine Entscheidung maßgeblich ist. Ich fahre aber gleich ins Heim und finde meinen Mann mal wieder bepflastert vor. Ich lege mich zu ihm, wir hören gemeinsam Musik. Er steht noch unter Schock. Die Nähe von mir beruhig ihn. Ein Rhythmus. Unser Rhythmus.

Nach wie vor schneide ich für mich interessante kulturelle Angebote aus der Tageszeitung. Noch habe ich mich nirgendwo angemeldet. Erstmal habe ich dafür kein Geld und zweitens bin ich schon so verkorkst, dass ich gar nichts mehr unternehmen kann. Ich passe nirgends mehr rein.

Das Jahr geht dem Ende entgegen. Die letzten Tage waren fast durchgängig trüb und neblig. Eben herbstlich. Doch heute ist ein schöner Tag. Schon am Morgen begrüßt mich die Sonne mit ihrem goldenen Glanz. Das Aufstehen fällt mir deutlich leichter. Trotzdem tun mir sämtliche Knochen weh. Nee, heute mache ich keine Übungen. Aber fast automatisch bewege ich meine Schultern, denke mir, ach komm, mach doch noch die Drehrückenbewegungen. Es folgt dann, diesmal nicht in der richtigen Reihenfolge, das ganze Programm. Einmal von oben nach unten. Tut schon gut. Danach noch eine Runde laufen. Als himmelaffinen Menschen blicke ich in den wundervollen Himmel. Das Laub ist in bunte Farben getaucht. Die Luft ist klar und ich bin begeistert.

Am Nachmittag gehe ich nochmal eineinhalb Stunden mit meinem Mann in die Herbstsonne. Wir gehen der Sonne entgegen und mit jedem Schritt entfernen wir uns der Realität. Nichts anderes zählt als die einladende Natur und das Gefühl von Freiheit.

Schau in den Himmel und versuche ganz tief zu atmen.

Er schaut. Seine Augen sind sowieso nach oben gerichtet. Doch es gibt mir ein Gefühl von „Normalität", so als würden wir uns beide den Herbsthimmel anschauen. Das macht es einfacher. Ich kann glauben, dass es ihm ganz gut geht. Aber zurück im Heim, spüre ich sein Unbehagen.

Hast du Schmerzen? Frage ich ihn. Ja, er hat Schmerzen. Die Pflegerin bringt mir die Schmerztropfen. Er bekommt nach der Einnahme wieder das totale Chaos in seinem Hals. Er hustet, röchelt, hat Atemnot. Er will ins Bett. Mit Kissen und Decken unter seinen Armen und Beinen, scheint er entspannt zu liegen. Die Schmerzen lassen augenscheinlich nach. Ich lege mich zu ihm, nehme seine Hand und werde auch ganz müde. Wir sind aneinandergeschweißt. In diesen Momenten spüre ich die Begegnung zweier Seelen. Ein erhabenes Gefühl. Ein demütiges Gefühl. Es wärmt. Es macht traurig. Es ist einfach da.

Wenn es Abend wird

Wenn zarter Haarflaum dein weiches Gesicht umrahmt

Wenn deine Augen achtsam dem Windstoß folgen

Deine Seele an Gehörtes glaubt

Dann umhüllt dich ein Mantel aus unbestimmter Sicherheit

Wenn winzige Fältchen deine Augen vom Lachen umspielen

Wenn der Kummer der ersten blinden Liebe

Deine Lippen mit bitterem Ausdruck füllen

Dann verlässt dich manchmal die Sicherheit

Wenn du deines starken schönen Körpers gewahr wirst

Wenn dein Gesicht von innen leuchtet

Der Glaube an die Kraft der ewigen Jugend dich trägt

Dann könntest du die Welt aus den Angeln heben

Wenn dann die Haut Pergament geworden ist

Das Weiß deines spärlichen Haares deiner Weisheit gleicht

Dann wirst du wissen

Dass das nicht greifbare Greifen nach Sicherheit

Die Formel für dein Leben in dem Dazwischen liegt

Einer Ahnung von Etwas

Die Gewissheit deiner Selbst

Sein sich verschlechternder Zustand lässt ihn immer stärker blubbern, hüsteln, röcheln. Laut dringt die brodelnde Verschleimung ins Universum. Die schwache Muskulatur hilft ihm nicht, abzuhusten. Er quält sich. Sein rot angelaufenes Gesicht signalisiert "Warnung". Dann hört man nichts. Ich beuge mich zu ihm. Oh Gott. Komm schon, atme. Es dauert, dann lautes Röcheln. Meine Hände gleiten über seinen mageren Brustkorb. Ich massiere sanft die Gegend und hoffe, ihm damit beim Röcheln helfen zu können.

Ein neuer Tag. Herbst, der sich in einen ungemütlichen Winter verwandeln möchte. In der Eifel liegt schon Schnee, die Straßen sind morgens glatt. Die ersten Autos landen im Graben. Der Himmel ist düster, schon am Morgen benötigt man elektrisches Licht.

Fahre am frühen Mittag zu meinem Mann. Er ist gerade geduscht worden und sitzt noch nicht fertig angezogen im Rollstuhl. Die Luft ist extrem stickig, ich reiße die Fenster auf. Mein Mann gibt kurze, klagende Geräusche von sich. Sein Körper ist verkrampft, hart, unbeweglich. Er sitzt ganz schief. Die junge Pflegerin gibt sich alle Mühe, ihn schnell in seine Kleidung zu bekommen. Ich helfe. Frage ihn, ob er Schmerzen hat. Hat er. Eine herbeigeholte Pflegerin besorgt das Schmerzmittel. Ich flöße es ihm ein. Er atmet schwer und schnell. Er versucht sich den Schmerz wegzupusten. Es dauert sehr lange, bis sein Atem sich auf eine normale Frequenz eingependelt hat. Das Mittagessen wird gebracht.

Möchtest du jetzt essen? Frage ich ihn. *Zeig mir mal den Daumen.*

Er reagiert nicht. Ich versuche es mit dem Wimpernschlag. Er reagiert nicht.

Wenn du den Mund aufmachst, gebe ich dir das Essen, ok?

Die schmale Öffnung interpretiere ich als Einladung. Ich führe den ersten Löffel in seinen Mund. Er versucht zu schlucken. Geschafft.

Den nächsten. Doch jetzt geht es gleich wieder los mit dem Hustenanfall, röcheln, blubbern, Atemnot. Dann plötzlich kein Laut. Ich schaue in sein Gesicht. Er bekommt keine Luft. Er hat es wieder geschafft, er atmet.

Ich bekomme einen Anruf aus dem Heim.

Ihr Mann reagiert heute gar nicht. Wir haben ihn jetzt im Bett gelassen.

Fahre gegen Mittag zu ihm. Er schläft. Im Gegensatz zu sonst, scheint er tief und fest zu schlafen. Trete vorsichtig an sein Bett.

Hallo mein Lieber, ich bin es. Gebe ihm ein Küsschen.

Die Augen bleiben geschlossen. Er reagiert nicht. Setze mich zu ihm ans Bett. Sehe sein ausgemergeltes Gesicht. Knochig, kantig. Der Atem geht gleichmäßig. Schaue auf die aufgestellten Fotos von ihm und mir, von den Kindern, den Enkeln. Mein Gott, was ist da bloß passiert? Habe ich jemals an solche Krankheit gedacht? Nein, natürlich nicht, ich kannte sie nicht einmal. Was hatten wir uns vorgestellt? Reisen. Am liebsten mit dem Wohnmobil. Freiheit. Unbekümmertheit. Das Meer erleben. Auf die Berge kraxeln. Neues entdecken. Ich vermisse. Alles. Ihn, uns, das Leben. So klein geworden. Unsere Welt. Klein und trotzdem manchmal auch schön.

Er versucht seine Augen zu öffnen. Es dauert. Dann schaut er mich an.

Kann ich mich zu dir legen? Frage ich ihn.

Er versucht meine Hand zu streicheln. Ich ziehe mir meine Schuhe aus und versuche ihn etwas zur Seite zu schieben. Ich hebe seine knochigen Beine an, dann den Oberkörper. Das müsste ausreichen. Lege mich an ihn, berühre seine mageren Arme, den Brustkorb.

Er hustet. Wie ein Dampfkessel rasselt es aus der Tiefe. Er stöhnt. Kann nicht abhusten. Er röchelt. Strengt sich ungemein an. Dann streckt er wieder in Zeitlupentempo seinen Arm in meine Richtung. Ich komme ihm entgegen. Vorsichtig, fast zärtlich berührt sein Daumen und Zeigefinger meine Handoberfläche. Mein linker Arm hat sich unter seinen Kopf geschmuggelt, die Hand ist frei und gleitet sanft und gleichmäßig über sein Gesicht. Er mag es. Sein Atem geht ruhiger. Er entspannt. Er döst, während meine Gedanken ihren eigenen Kurs einschlagen. Obwohl mein Leben so sparsam geworden ist, hat es an Reichtum auch gewonnen. Die Nähe mit ihm, die auf einem fünfzigjährigen Zusammenleben basiert, beglückt mich. Mehr will ich im Moment auch gar nicht. Dieser wortlose, doch zugleich intensive Austausch zwischen uns, hat eine unglaubliche Verbindung zwischen uns wieder entfacht. Da liegt mein Mann, sein ehemals schönes Gesicht hat sich zu einem dem Leben entfernten entwickelt. Es ist nicht mehr das bekannte. Doch für mich ist es ein neues und trotzdem das alte. Ich weiß selber nicht wieso. Ich schaue stets bewusst in sein Gesicht. Ich suche nach Zeichen. Nach Antworten. Ich spüre nur. Nichts kann ich mit Bestimmtheit sagen. Doch irgendwie weiß ich seine kleinen Minibewegungen zu deuten. Wir verstehen uns. Stets habe ich mich mit ihm austauschen wollen. Mit Worten. Mit gewaltigen Worten. Er war kein Freund davon. Er konnte und wollte das nicht. Nicht immer. Manchmal. Der Alltag hat vieles verschluckt. Ich habe verschluckt. So manchen Konflikt. Er war gut darin, sich aus der Affäre zu ziehen. Es war leicht für ihn. Es war nicht sein Ding. Das habe ich aber erst viel, viel später verstanden. Ja, und jetzt verstehe ich ihn auch ganz ohne Worte. Ein großes Glück für uns beide. Er wird unruhig.

Hast du Schmerzen? Er drückt meine Hand.

Ich sage Bescheid, hole die Tropfen, warte, bin gleich wieder da.

Gleich darauf bin ich zurück. Schiebe ihm den Löffel mit den Tropfen in den Mund. Er bekommt sogleich wieder einen Hustenanfall. Lege ihm beruhigend die Hand auf seinen Brustkorb. Es dauert, dann entspannt er sich ganz langsam. Die Tropfen wirken. Als er eingeschlafen ist, fahre ich - wie meistens - traurig nach Hause.

Seit einem halben Jahr bekommt mein Mann nur noch Milchsuppe, durchgerührtes Mittagessen, von dem er nur zwei bis drei Löffel zu sich nimmt. Das hat zur Folge, dass er ständig abnimmt. Dieser schöne, starke Männerkörper wird einfach weniger. Oft erwische ich mich dabei, dass meine Gedanken wie in einem Hamsterrad kreisen. Ich kann dieses Elend nicht mehr sehen. Ihn im Rollstuhl. Immer weniger werdend. Der stets geöffnete Mund, die Augen zur Decke gerichtet. Um ihn herum dieses oder auch ähnliches Elend. Fast alle Bewohner sitzen im Rollstuhl. Viele haben die Augen geschlossen. Vielleicht wollen sie selbst nicht mehr sehen, wo und wie sie leben. Kraftlos hängen sie in ihren Stühlen. Die meisten sind mit dem Oberkörper nach vorn gekippt. Sie bewegen sich nicht. Vielleicht sind sie auch eingeschlafen? Vielleicht sind sie auch weggetreten? Entschwunden in eine andere Welt. Mein Mann ist nach wie vor orientiert. Sein Daumenzeichen verrät mir, ob er meiner Erzählung von den Kindern gefolgt ist. Die Themen sind immer positiv, so dass ich ihn zum Mitfreuen animieren kann.

Solange es das Wetter zulässt, machen wir uns sportlich auf den Weg. Manchmal möchte er nicht nur in die Natur. Er will dahin, wo sich ihm das Leben zeigt. Im Einkaufszentrum wuseln Menschen, von der Drogerie in den Supermarkt, huschen in die Apotheke, bleiben vor den ausgehängten Kleidern stehen, die mit ihren Preisen werben. Wir schieben uns gemütlich durch das Treiben. Setzen uns draußen auf die aufgestellten Stühle, direkt vor der Bäckerei. Ein gutes Plätzchen, genau in der Sonne. Mein Mann sitzt gerne in der Sonne. Das hat er schon immer gerne getan. Ich bestelle für ihn einen Espresso, für mich einen Milchkaffee. Zwei kleine Löffelchen landen davon in seinem Mund. Mehr nicht. Aber das Gefühl ist entscheidend. Wir beide nehmen am Leben teil. Das ist doch schon mal was.

Wir haben eine kleine Unterstützung bekommen. Eine Ehrenämtlerin von der Hospizgruppe erscheint einmal die Woche für eine Stunde. Sie ist freundlich, empathisch. Sie mag meinen Mann sehr gerne, das merkt man. Als sie das erste Mal zum Kennenlernen erschien, brachte sie ihm ein Blümchen mit. Er hielt ihre Hand fest. Sie war gerührt. Der Pakt war geschlossen. In dem vorhergehenden Gespräch mit Frau X, hatte ich sie über den Zustand und seine Selbstbestimmtheit informiert. Dabei ging mir so durch den Kopf, dass sie diesen fremden Mann nur so sehen kann, wie sie ihn vorfinden wird. Einen abgemagerten, alten, bewegungslosen Menschen. Kein schöner Anblick. Umso mehr bin ich erstaunt, dass sie in ihm etwas Besonderes sieht.

Sie haben wirklich einen sehr, sehr netten Mann. Er ist so interessiert. Und eine ganz liebe Seele. Ich komme sehr gerne zu ihm. Wissen Sie, ich bereite mich auch jedes Mal vor. Er interessiert sich doch für Politik und kennt sich in der Literatur aus. Ein so kluger Kopf.

Ich bin total überrascht. Wie bekommt sie das denn mit? Sie kann sich doch auch nicht mit ihm austauschen und trotzdem will sie das alles in ihm gesehen haben? Ich frage nach. Aha, jetzt verstehe ich. Sie hatte selbst einen kranken Mann, der ähnliche Symptome hatte. Sie hat sich, genauso wie ich, eingefuchst. Das ist richtig schön, das freut mich sehr für meinen Mann.

Bekomme vom Heim wieder einen Anruf am Morgen.

Ihrem Mann geht es nicht gut. Er hat gestern Abend nichts mehr gegessen. Er verschluckt sich ständig. Wir trauen uns nicht mehr ihm Essen anzureichen.

Ich fahre um die Mittagszeit zu ihm. Vorher habe ich noch die Ehrenämtlerin über seinen Zustand informiert. Sie will trotzdem kommen. Als ich in seinem Zimmer erscheine, sitzt sie schon an seinem Bett. Er hustet, ohne husten zu können. Er hat Atemnot, verschluckt sich. Er kämpft mit dem Speichel, dem nicht Loswerden. Im Nu habe ich mir die Schuhe ausgezogen, krabble hinter meinen Mann, bewege mit Hilfe von Frau X seinen steifen Körper. Behutsam lehnen wir ihn auf Kissen zwischen meine Beine. Beide Hände lege ich auf seinen Brustkorb. Im sanften Rhythmus massiere ich seine Brust. Im Zimmer ist nur sein Husten, Röcheln zu hören. Ich konzentriere mich voll und ganz auf das gleichmäßige Massieren. Und siehe da, nach einer halben Stunde hat sich sein Körper beruhigt. Er atmet wieder ruhig und gleichmäßig. Nun ist er so erschöpft, dass er einschläft.

Frau X verabschiedet sich leise: *Das haben Sie wirklich wunderbar gemacht.*

Die Abstände werden kürzer. Sein allgemeiner Zustand schlechter. Trotzdem. Wir gehen raus. Die Natur ist unser ständiger Begleiter. Sie ist unsere Freundin oder Freund. Verlässlich. Immer anwesend. Mit all ihren Fassetten. Sonnenschein, Regen, Sturm, Bewegung, Farbenspiel. Dann bekommt er auch noch eine Erkältung. Der Arzt schaut vorbei. Lunge ist frei. Gott sei Dank. Was für ein starker Mann. Nach vier Tagen finde ich ihn wieder im Rollstuhl im Essraum. Unglaublich. Er ist willensstark. Ich glaube daran, dass er seinen Weg bestimmt und bestimmen wird. In manchen Momenten macht mich dieser Gedanke fast ruhig. Seine Entscheidung. Seine Kraft. Seine Absprache mit dem Universum. Doch dann bin ich wieder angefressen, wenn ich ihn, dünn, mit nackten Beinen, wie ein verlorenes Kind im Bett vorfinde. Seine Füße suchen nach einem Halt. Offensichtlich will er raus aus dem Bett. Wie so oft ist niemand greifbar.

Möchtest du aufstehen? frage ich ihn.

Sein Daumen zeigt nach oben. Alleine gelingt es immer schwerer, ihn anzuziehen und in den Rollstuhl zu setzen. Ich fange schon mal an, ihn in die Sitzposition zu bekommen. Gleichzeitig habe ich den Klingelknopf gedrückt. Schon bald rückt Hilfe an. Beim Aufstehen nehme ich ihn in die Arme. Noch immer versucht er, mir den Rücken zu streicheln. Das treibt mir die Tränen in die Augen. Der Weg über die Felder weht uns den Wind um die Ohren. Nichts als Weite am Horizont.

Sieht das nicht aus wie auf Fuerte Ventura? Erinnerst du dich daran?

Natürlich erinnert er sich. Hat er doch damals einer Freundin von uns beim Häuschen bauen geholfen. Direkt in den Felsen eingebaut. Ein ehemaliger Ziegenverschlag. Später waren wir im Urlaub in dem erstaunlich großen Haus. Ein steiniger Weg führt direkt ans Meer. Was war das für eine Farbenpracht beim Schnorcheln!

Als ich ihn wieder aus den Sachen schäle, fügt sein knochiger Körper mir regelrecht körperliche Schmerzen zu. Wie kann ein Mensch nur so mager werden? Gar nichts kann ich dagegen tun. Nichts. Sein Anblick tut weh. Trotzdem wird es normal. Man wächst hinein in das Normale, das nicht normal ist. Man lässt geschehen, ohne dass man es geschehen lassen will. Man hat keine Wahl, wahlloses Ausgeliefertsein im langsamen Verschwinden, im Auflösungsprozess eines Menschen. Unwirklich in der Wirklichkeit gestrandet. Weitermachen. Immer weitermachen. Am nächsten Tag bekomme ich wieder mit, dass er Schmerzen hat.

Wir haben Ihrem Mann schon Tropfen gegeben. Er hat sich aber verschluckt.

Na, dann müssen wir ihm nochmal etwas geben.

Wieder bleibt nur ein Rest der Tropfen in seinem Mund. Es scheint ihm trotzdem besser zu gehen. Meine Tochter löst mich ab. Ich habe noch einen Termin und verabschiede mich.

Mama, dem Papa geht es schlechter, kannst du kommen?

Der Abend ist in dunkles Licht getaucht als ich bei ihm ankomme. Mein Mann zeigt sich sehr unruhig. Seine Hand bewegt sich in meiner ständig auf und ab.

Hast du Schmerzen? Frage ich ihn. *Wo denn? Im Kopf? Nein? Im Rücken? Nein? In den Beinen?*

Er zeigt nichts. Offensichtlich kann er es nicht lokalisieren. Wahrscheinlich ist es ein Gesamtschmerz. Ich laufe zum Personal und bitte um die Schmerztropfen.

Er behält sie nicht im Mund. Das hat keinen Zweck.

Ja und nun? Was ist mit Zäpfchen?

Die haben wir nicht. Die muss der Arzt verordnen.

Wir haben es nach 20 Uhr. Da erreiche ich keinen Arzt.

Sollen wir einen Krankenwagen rufen?

Was? Nein. Ich werde zur Nachtapotheke fahren und die Zäpfchen holen.

Ich gehe zurück in sein Zimmer. Meine Tochter sieht mich beunruhigt an.

Ich fahre jetzt zur Apotheke, schau doch mal nach, welche geöffnet hat.

Du Lieber, ich besorge dir jetzt Zäpfchen, die werden dir die Schmerzen nehmen. Die Tropfen helfen im Moment nicht. Aber du wirst sehen. Sobald du die Zäpfchen nimmst, geht es dir gleich besser. Ich beeile mich auch.

Ich hab dich lieb, flüstere ich noch in sein Ohr, drücke ihm einen Kuss auf die Wange. Meine Hand will er nicht loslassen.

Ich komme gleich zurück.

Ich suche die nächstgelegene Apotheke auf, die mir meine Tochter genannt hat. Na super, die hat gar keinen Nachtdienst. Also zur nächsten. Auch da hat keiner Dienst. Nur gut, dass die Daten im Internet stehen. Die Dritte ist auch ein Flop. Endlich bei dem vierten Versuch klappt es. Ich bediene die Nachtklingel. Langsam mit viel Zeit tritt die Apothekerin an die kleine Durchreiche.

Sie müssen die Nachtklingel um die Ecke am Eingang nehmen, das hier ist die Behindertenklingel.

Ich bin begeistert. Wie gut, dass es doch immer wieder solch empathische Menschen gibt. Inzwischen haben wir es schon 21.30 Uhr und ich bin so richtig unter Zeitdruck. Gott sei Dank sind die Straßen frei, sodass ich auf dem schnellsten Weg zu meinem Mann fahren kann.

Mir schnürt es die Kehle zu als ich die Zwei dort in ihrer Not antreffe. Die Hände sind ineinander verkrampft. Mein Mann stöhnt qualvoll. Der Pflegedienst kommt und verabreicht eines der mitgebrachten Zäpfchen. Endlich, endlich lassen seine Schmerzen nach. Wir bleiben noch so lange bei ihm, bis er fest schläft.

Meine Überlegungen schlagen Kapriolen. So kann es nicht mehr weitergehen. Irgendwie muss man doch helfen können. Aber wie? Von einem Freund meines Sohnes, der Arzt ist, habe ich mich über palliative Medizin informieren lassen. Das lag schon zwei, drei Wochen zurück. Für mich hatte sich das alles wieder so kompliziert angehört. Was und wen man anrufen, terminieren, klären und verantworten muss. All das hat sich für mich so stressig angefühlt, dass ich das Thema wieder verdrängt habe. Wenn man so am Limit ist, wenn man so überfordert ist, wenn man sich um jeden Schritt selbst kümmern muss, dann ist man einfach nur noch kurz vorm Zusammenbruch. Zumal diese schwierige Zeit schon Jahre andauert.

Doch nun ist der Körper klüger als der Kopf. Er zeigt einfach wieder Kraft. Stärke. Klares Denken folgt. Ich suche den vollgekritzelten Zettel und oh Wunder, ich find ihn. Also Punkt eins: Telefonnummer von der nahegelegenen ambulanten Palliativversorgung heraussuchen. Ich nehme Kontakt auf, schildere den Krankheitsstand meines Mannes. Man sagt mir, dass sie glauben, dass er ein Fall für sie ist. Ein Fall? Mir wird es mulmig. Da ist es schon wieder. Mein Mann ein Fall? Warum verwenden wir nur solche Sprache? Außerdem mischt sich mein zwiespältiges Gefühl in meine Gedanken. Wie kann ich diese Entscheidung fällen? Gibt es da ein Richtig oder Falsch? Im letzten Jahr haben wir gemeinsam mit ihm beschlossen, dass er keine Magensonde bekommen will. Auch auf die Gefahr hin, dass er verhungern wird. Wenn man solche heiklen Dinge bei klarem Verstand bespricht, ist das eine Kopfentscheidung. Doch jetzt sind wir an einem Punkt angekommen, an dem irgendetwas passieren muss. Wichtig! Keine Schmerzen! Jetzt schwingt nur noch das Gefühl, das Mitgefühl mit. Jetzt geht es ums Handeln. Also vereinbare ich Punkt zwei, einen „Besichtigungstermin".

Noch haben wir schönes Wetter. Es ist kalt, aber sonnig. Noch immer will mein Mann das „Rausgehen" nutzen. Mit Sack und Wärmflasche geht es wie immer durch die Gegend. Mir ist die ruhige Naturecke im Moment angenehmer als Menschenmengen.

Also ab in die Felder. In meinen Gedanken gefangen, bleibe ich stumm. Mir fällt nur auf, dass ich ihn ständig umarmen muss. Ihn streicheln will. Nähe geben.

Wieder zurück spricht mich die stellvertretende Chefin an.

Frau X, wir müssen uns mal überlegen, ob wir nicht den Palliativdienst einschalten sollten. Ihr Mann ist in einem sehr, sehr schlechten Zustand.

Das habe ich schon veranlasst. Nächste Woche ist schon ein Termin vereinbart.

Da bin ich aber froh, dass Sie das in die Wege geleitet haben. Ich würde gerne noch mit Ihnen sprechen wollen, okay?

Wir setzen uns zusammen. Endlich fühle ich mich unterstützt.

Warum haben Sie mich nicht schon früher angesprochen? Das hätte mir sehr geholfen.

Die eineinhalb Stunden haben mir gutgetan.

Nach fast einer Woche steht die **Besichtigung** an. Meine Gefühle habe ich versucht abzuschalten. Ich funktioniere. Eine sehr junge Frau und eine ältere erscheinen zur vereinbarten Zeit. Ich bin erstaunt als sich die jüngere als die Ärztin herausstellt. Sie ist freundlich, sachlich. Mein Mann liegt im Bett und ich weiß nicht, ob er alles so genau mitbekommt. Aber ich glaube es. Er lässt es geschehen. Er hat bestimmt. Ein Abkommen mit dem Universum?

Die Ärztin stellt Fragen. Ich antworte. Krankheitsverlauf. Patientenverfügung. Keine künstliche Ernährung. Wir sind durch. Sie steht auf und sagt meinem Mann, dass sie ihn jetzt untersuchen wird. Danach bespricht sie sich mit der Palliativschwester wegen der Medikamente. Morphium, etwas gegen Übelkeit, gegen Atembeschwerden. Kein Leiden. Das ist der ganze Plan. Es kann losgehen. Ich bleibe. Die erste Infusion ist durch. Mein Mann schläft. Fast wie ein Baby. So entspannt habe ich ihn schon seit Jahren nicht mehr gesehen. Ein gutes Gefühl, wenn... wenn da nicht das Ende geplant wäre. Am Ende wird der Tod anklopfen. Wie lange wird das dauern?

Kann man nicht so genau sagen. Vielleicht vier Tage, auch eine Woche kann es dauern.

Unwirklich. Ja, das ist es. Unwirklich. Das gibt es doch nicht. Ein bestellter Tod? Hält man das aus? Halte ich das aus? Die Belegschaft lobt mich.

Das ist richtig. Sie helfen Ihrem Mann. Er muss nicht mehr leiden. Was glauben Sie, was er durchmacht? Er hat doch schon lange nichts mehr vom Leben.

Nun gut, das kann wohl keiner so genau wissen. Wann und wie lange der Mensch sein Leben als lebenswert erachtet. Aber darum geht es auch gar nicht. Es war seine Entscheidung, nicht künstlich ernährt zu werden. Er hat erst sehr spät auf seine Schmerzen aufmerksam gemacht. Also der Schmerz besteht erst seit kurzem. Das war jetzt nicht sein Leiden. Das lange, langsame Sterben auf Raten, das war schwer für ihn. Das Akzeptieren. Zuzusehen wie sämtliche Fähigkeiten des Körpers verloren gehen.

Die erste Morphium Infusion hat ihn total weggefegt. Er hat bis zum nächsten Mittag fest geschlafen. Das wollte das Palliativteam nun auch wieder nicht. Die Medikation wird verringert, sodass er ansprechbar bleibt. Doch er schwächelt schon sehr.

Das Wetter ist ein Traum. Ich schiebe sein Bett Richtung Fenster. Lege mich zu ihm ins Bett. Wir schauen uns die ganze Zeit in die Augen. Nein, das ist kein Test. Wer kann länger schauen? Nein, da begegnen sich zwei Seelen. Unsere Hände finden sich. Sie halten sich fest. Mein Sohn ist gekommen. Er hat Musik mitgebracht. Cat

Stevens. Da ist sie wieder. Unsere Zeit. Ich erinnere ihn an unsere Reisen. Lass ihn in Gedanken mitgehen. Lass ihn das Meer sehen. Lass es ihn riechen. Sage ihm, dass ich das Leben mit ihm immer wieder so leben wollte. Sage ihm, dass es auch schwierige Zeiten gab. Sage ihm, dass ich manche Dinge nicht schön fand. Sage ihm, dass unser gemeinsamer Humor uns immer begleitet hat. Auch jetzt noch. Schwinge im Bett im Rhythmus der Musik das Tanzbein. Lache. Er auch. Man sieht es nicht. Aber er drückt meine Hand. Ganz fest. Sage ihm, dass ich dankbar bin für unsere gemeinsamen Kinder und Enkelkinder. Sage ihm, dass wir ein sehr schönes Leben gelebt haben, dass ich es immer wieder so machen würde.

Wir wechseln uns ab. Die Kinder und ich. Ständig sind wir bei ihm. Reden. Lachen. Sind stumm, nachdenklich, sind leise. Dann wieder wird es lustig. Jemand erzählt von den Kindern. Was lassen die manchmal für Sprüche raus. Lachen. Dann wieder Stille. Niemals lässt er unsere Hände los. Er röchelt, rasselt, blubbert aus seinem Inneren. Sobald er stöhnt, gibt es eine Infusion. Dann ist wieder Ruhe. Was für eine Differenz. Sonnenstrahlen, die lebendiges, wärmendes Leben in uns bringen. Im Bett mein Mann, dem Tode geweiht.

Die reduzierte Indikation lässt ihn tatsächlich wieder anwesender sein. Seine Augen, in den Himmel, an die Decke gebannt, lassen sein Ich in anderen Sphären vermuten. Nicht abgesprochen bewegt sich die Familie im Still - und Ruhemodus. Wenn wir sprechen, flüstern wir. Ihm nahe sein, das ist alles. Schon längst ist er nicht mehr in der Lage, seine Gliedmaßen zu bewegen. Er liegt ganz still. Der schon entrückte Blick ins Nirgendwo. Warm ist er. Er gehört noch zu den Lebenden. Meistens liege ich neben ihm. Dann sind die Kinder da. Keiner hat Eile. Auf einem nebenstehenden Stuhl sitzen. Einfach nur seine Hände halten. Ihn anschauen.

Jeder hat sein Gedankenkarussell. Wie wird es sein, das Sterben? Hat er Angst? Habe ich Angst? Was passiert danach? Wurde darüber schon gesprochen? Hat er irgendwelche Wünsche? Wie wird es sein, wenn ein Mensch nicht mehr da ist?

Ich bin ganz bei ihm. Es gibt nur noch sein Bett. Wir warten nur ab. Bei der kleinsten Unruhe wird nachgespritzt. Nichts verändert sich. Nur das Licht. Dem Morgensonnenstrahl ist der Abendhimmel gewichen. Noch stehen beide am Himmel, die untergehende Sonne, der aufgehende Mond. So ist die Natur. Die diensthabende Pflegerin schickt mich zur fortgeschrittenen Stunde nach Hause.

Sie können jetzt nichts für ihn tun. Es geht ihm gut. Heute Nacht wird er nicht gehen. Kommen Sie, Sie müssen schlafen, da kommt noch einiges auf Sie zu.

Am Abend sitzen meine Kinder und ich zusammen. Mein Mann hat nie über den Tod gesprochen. Nie hat er über Beerdigung gesprochen. Auch mir war dieses Thema unliebsam. Während der schleichenden Krankheit hat es sich auch nicht gut angefühlt über das Sterben und dessen Folgen zu sprechen. Irgendwann ist es dann zu spät. Natürlich kannte ich seine vielleicht typisch männliche Einstellung.

Ist doch vollkommen wurscht, was nach dem Tod passiert. Mich kann man auch in eine Mülltonne tun.

Friedhöfe sind für mich auch bislang Orte gewesen, die ich vermieden habe. Mein Mann ist auch nie auf einen Friedhof gegangen. Nun sitzen wir also beisammen, um über die letzte Ruhestätte zu beraten. Die Kinder haben ihre Eltern also nicht als Friedhofsgänger erlebt. Nun müssen auch sie sich mit dem bevorstehenden Tod ihres Vaters auseinandersetzen. Ein Waldfriedhof wird in Erwägung gezogen. Dass es auch einen Wiesenfriedhof gibt, war mir bis dato nicht bekannt. Während wir die eine oder auch andere Idee verfolgen, wird mir plötzlich bewusst, dass ich meinen Mann bei mir haben möchte. Also in meiner Nähe.

Dann am nächsten Morgen - wir haben schon Dezember - zeigt sich der Himmel wieder von seiner sonnigen Seite. Das Bett meines Mannes steht noch immer vor dem Fenster. Der Palliativdienst schaut kurz vorbei. Sie überzeugen sich, ob auch alles in Ordnung ist. In Ordnung? Merkwürdig, in diesem Zusammenhang **Ordnung** zu hören. Ja sicher, es ist insoweit alles in Ordnung, als die Medikamentenabfolge dem Bedürfnis meines Mannes entspricht. Er ist gut eingestellt. Er hat keine Angst, keine Schmerzen, ihm ist nicht übel und gegen das fürchterliche Rasseln geben sie ihm auch ein Mittel. Allerdings kommt das nicht so richtig zum Tragen. Es rasselt und brodelt in seinem Inneren. Doch mein Mann ist ruhig. Er hält es würdevoll aus. Leise rede ich mit ihm. Über unser gemeinsames Leben. Eine schöne Zeit, in der wir uns getummelt haben. Über die Kinder und deren Leben, das sich im Aufbau befindet. Ich sage ihm, dass ich traurig bin, was mit ihm geschieht. Er schaut an die Decke, seine Augen sind geöffnet. Seine Hände haben die Kraft des Drückens verloren. Er bekommt nichts zu essen, nichts zu trinken. Das soll so sein. Es scheint auch richtig zu sein. Ich kann jedenfalls keine Negativbewegung bei meinem Mann feststellen. Am Abend schickt mich wieder die mir vertraute Pflegerin nach Hause.

Der vierte Tag der Palliativbehandlung bricht an. Das Wetter meint es wirklich gut mit uns. Es scheint alles unverändert zu sein. Das Bett steht noch immer längs vor dem Fenster. Mein Mann liegt noch immer ruhig in ihm. Es scheint so, als hätte er sich nicht bewegt. Hat er auch nicht. Aber er wird bewegt. Kissen stützen bei einer Drehung seinen Körper. Er wird gut versorgt. Ständig schaut einer vom Pflegepersonal nach ihm. Meine Kinder und ich sind ebenfalls ständig um ihn. Wir sind sehr leise geworden. Wir wissen genau, dass es bald mit ihm zu Ende geht. Aber nicht wann. Niemand beschwert sich. Wir halten seine Hände. Gedanken kommen. Sie gehen. Wir bleiben.

Seine Augen sind schon woanders. Unsere Pflegerin hat einen ganz bestimmten Gesichtsausdruck. Im Hinausgehen sagt sie dann: *Heute wird er gehen. Lassen Sie ihn gehen. Sie dürfen ihn nicht festhalten.*

Wir nicken verstehend. Verstehen kann man das alles nicht. Warten auf den Tod. Ich beobachte mich, wie ich mich in Stellung bringe, um mit ihm in Augenkontakt zu treten. Sein Blick ist an die Decke geheftet. Ich muss mich schon etwas verbiegen.

Alles wird gut. Murmele ich vor mich hin. Er gibt mir nicht das erhoffte Zeichen, ob er mich verstanden hat. Vielleicht habe ich es auch gar nicht erwartet. Dann holt mich ein Pfleger raus.

Wir müssen Nachschub holen. Das Morphium geht uns aus.

Dann rufen Sie doch unseren Arzt an.

In diesem Augenblick stürzt meine Tochter aus dem Zimmer meines Mannes.

Mama, komm schnell, der Papa...

Als ich vor ein paar Minuten das Zimmer verließ, begleitete mich das zur Normalität gewordene Blubbern aus seinem Hals. Als ich nun das Zimmer im Eiltempo betrete, ist es ganz still geworden. Er ist still. Doch da nimmt er einen ruhigen Atemzug. Kein Rasseln mehr. Ein entspannter Atemzug. Dann wieder Stille. Noch einmal atmet er aus. Stille. Entspanntes Ausatmen ein drittes Mal. Dann ist es vorbei.

Wir alle haben unsere Hände auf seine Brust gelegt. Die Kinder, Enkel und ich verbinden unsere Hände mit ihm. Seinem Körper. Seiner Seele.

Wir sind nun alleine. Mein Mann und ich. So wie es angefangen hat, so hört es auch auf. Noch kann ich Worte in sein Ohr flüstern. Noch kann ich über sein Gesicht streichen. Immer wieder. Immer wieder. Erst spät in der Nacht, verabschiede ich mich von ihm und dem Pflegepersonal, mit der Bitte, seine Augen nicht zu schließen.

Die Kinder übernehmen noch am nächsten Tag für mich die organisatorischen Angelegenheiten. Ein Platz auf dem Friedhof wird ausgesucht. Vier stehen zur Auswahl. Schnell haben wir uns einhellig für einen entschieden. Bei der Friedhofsbesichtigung scheint genau auf diese Stelle wärmendes Himmelslicht. Wie verläuft so eine Beerdigung? Was muss man in die Wege leiten? Ich habe keine Erfahrung. Ja okay, natürlich war ich schon auf Beerdigungen. Aber… ich will es persönlich. Was passt zu ihm? Zu uns? Es soll ehrlich und authentisch sein. Die Kinder und ich sind uns einig. Wir wollen einen Redner oder Rednerin. Nun muss alles schnell gehen. Wir haben uns für eine Rednerin, die uns drei Tage später aufsucht, entschieden. Noch wissen wir nicht, dass dieses Gespräch ein sehr wichtiges sein wird. Geschickt stellt sie ihre Fragen an die Kinder und mich. Ohne groß darüber nachzudenken, sind wir mitten im Erzählmodus. Wir lachen sogar über die eine oder andere Anekdote. Es ist so, als ob mein Mann unter uns ist. Lustige Geschichten aus Urlauben oder Festen werden erzählt. Es geht sehr emotional dabei zu. Zwischendurch ereilt einen das Bewusstsein, dass es um unser aller Abschied geht. Es ist gut, dass wir nun über ihn, den Papa, meinen Mann sprechen können. Ihn in unsere Mitte heben. Jeder hat seine ganz persönliche Beziehung mit ihm. Erlebte Erfahrungen. Gute und auch schlechte. Die schönen überwiegen.

Es wird still, und wir werden traurig. Die Rednerin ist Profi und verspricht uns, dass sie aus unseren Erzählungen eine schöne Rede entwickeln wird. Als sie sich verabschiedet, lässt sie uns recht aufgewühlt zurück. Unsere Gesichter sind erhitzt, die Seelen voll von unterschiedlichen Gefühlen. Das gemeinsame anschließende Essen wird schweigsam eingenommen. Jeder ist nun mit sich beschäftigt.

Am nächsten Morgen liegt mein Mann noch immer mit geöffneten Augen in seinem Bett. Seine Hände sind noch immer etwas warm. Ich gehe in Blickkontakt mit ihm. Tränen lösen sich aus meinen Augen. Ich wünsche ihm eine gute Reise. Dann schließe ich seine Augen.

Das Beerdigungsinstitut kommt seiner Pflicht nach. Vorsichtig wird mein Mann in den Sarg gebettet. Ich lasse sein Gesicht nicht los. Tonlos verabschiede ich mich ein letztes Mal von ihm. Der Deckel wird geschlossen, die Männer tragen ihn hinaus.

Nach zehn Tagen steht das letzte gemeinsame Fest an. Die Vorbereitungen sind getroffen. Die Kinder haben gute Arbeit geleistet. Ich habe mich für eine anschließende Feier in unserem, seinem Zuhause, entschieden. Wir decken den Tisch festlich. Viele Kerzen schaffen eine warme Atmosphäre. Einladend sieht es aus.

Der nächste Morgen. Habe ich geschlafen? Ich weiß es gar nicht. Sorgfältig kleide ich mich an. Ehrenvoll soll es sein. Ich weiß auch nicht, woher plötzlich mein Glaube an etwas, was nicht da, aber dennoch vorhanden ist, herkommt. Ans Universum? An eine Macht außerhalb unserer Realität? An Windbouletten und Luftklöße?

Doch die Vorstellung, dass mein Mann in irgendwelchen Sphären schwebt, beruhigt mich. Er ist anwesend. Irgendwie. Irgendwo. Es hilft das **Nichtfassbare** zu ertragen. Ich nehme doch tatsächlich seinen Kopf und Oberkörper zwischen zwei Wolken wahr. Sonnenlicht schwebt über ihm. Ruhe.

Die Autokolonne erinnert in fröhlichen Zeiten an eine Hochzeitsgesellschaft. Nein. Heute nicht. Wir bilden eine Beerdigungskolonne. Auf dem Parkplatz angekommen, öffnen sich die Autotüren. Mein Blick wandert über die aussteigenden Menschen. Ah, die Berliner sind gekommen. Da sehe ich Kollegen meines Mannes. Wo waren die während seiner Krankheit? Immerhin sind fast sechs Jahre seiner Krankheit ins Land gegangen. Mein Mann hat das nie beklagt. Warum ich? Mir ist kalt. Innerlich. Schüttelfrost? Nein, ganz normal. Komisch, die Wahrnehmung funktioniert. Die Gefühle sind abgespalten. Eine freundliche Maßnahme meines Körpers?

Komm, das schaffst du jetzt auch noch.

Ein guter Freund nimmt mich vor der Kapelle in den Arm, sanft klingt seine Stimme an meinem Ohr. Zu sanft. Jetzt kommen doch Tränen. Meine Kinder und ich besetzen die vordere Reihe. Ich spüre die Kälte in der unbeheizten Kapelle nicht. Ich höre Stühle rücken. Räuspern. Entferntes Gemurmel. Dann die Klänge von Leonard Cohens **So long Marianne.** Seine tiefe Stimme durchdringt meinen Körper. Gefühle werden jetzt doch angeknipst. Ich spüre meinen Mann. Ich sehe seine junge, starke männliche Gestalt. Sehe sein Lachen. Spüre seine Kraft. Spüre den Glauben an das Leben. Vermisse ihn unsagbar. Mein Körper fühlt sich gespalten an. Die eine Hälfte fühlt sich schwarz und leer an. Traurig. Tröstlich empfinde ich die andere Seite. Sie ist in rote Farbe getaucht. Ich bin also zweigespalten. Ja natürlich. Da war auch fünfzig Jahre lang die leere Seite besetzt. Er ist einfach ausgezogen. Hat dort nichts hinterlassen. Hat einfach alles ausgeräumt. Leer gelassen.

Die Rednerin gibt Platz für ihn. Wer war er? Wie war er? Die kleine Reise in sein Leben wird wiederbelebt. Schön spricht sie. Meine Tochter neben mir weint. Ich halte ihre Hand fest. Wir sind verbunden. Die ganze Zeit schwebt er über uns. Ganz friedlich. Ganz leise. Mit Gitarrenbegleitung singen wir gemeinsam das Lied **Von hohen Mächten wunderbar geborgen**. Es wärmt. Es gibt Hoffnung. Zum Schluss begleitet uns Cat Stevens mit seinem Song **Peace Train.**

Ehrfurchtsvoll nehme ich seine Urne in meine Hände. Ich trage sie achtsam bis zur Grabstelle. Ich gebe sie an den Beerdigungsbegleiter ab. Jetzt ist mein Mann in der Erde. Zurück zur Natur. Zurück zur Materie. In diesem Moment öffnet sich der Himmel. Er lässt für Minuten die Sonne genau auf uns alle scheinen. Dann verschwindet das Licht hinter den Wolken.

Was kommt jetzt?

Zuhause angekommen, stelle ich erstaunt fest, dass jeder der Gäste einen Platz in unserem warmen, gemütlichen Ambiente gefunden hat. Die Gespräche sind intensiv, ehrlich. Nie im Leben hätte ich gedacht, dass mein Fazit eindeutig ein sehr Positives ist. Ja, ich habe mich begleitet gefühlt. Ja, die Gäste haben mir mit ihrer Anwesenheit Trost gespendet. Eine wundervolle Erfahrung. Für jeden gibt es Erinnerungen mit meinem Mann. Anekdoten, aber auch Streitthemen. Frühere Ansichten sind neuen Erkenntnissen gewichen. Wie würde er jetzt das Gespräch weiterführen?

Nun führt mich mein täglicher Gang zu ihm, zu seinem Ort, seinem Grab. Mein Tempo ist moderat, genau wie meine Gedanken. Sie flackern so um mich herum. Ich lass mich treiben. Ich fange sie nicht ein, stelle keine Fragen. Ich gehe nur meinen Weg. Bei ihm angekommen, schaue ich in die Farben der Blumen, die trotz des Winters leuchten. Sie leben. Ich lese seinen Namen auf dem Kreuz. Da steht sein Name. Ich bringe ihn nicht in Verbindung. Tod. Niemals mehr da? Vielleicht doch nur mal eben weggegangen? Nein, natürlich weiß ich, dass es ihn nicht mehr gibt. Auf dieser Erde. Aber mein Gefühl ist noch nicht angekommen.

Wenn du mich gehört hast, dann gib mir ein Zeichen.

Ich werde wunderlich. Vielleicht gibt es das doch. Energie, mit der man kommunizieren kann. Ich habe mit ihm gesprochen, mich ihm mitgeteilt. Und siehe da. Durch das Grau des Himmels dringt genau wieder an der Stelle, die auf das Grab scheint, ein Sonnenstrahl. Ja, gibt es denn sowas? Ja.

Ein Tag gleicht wieder dem anderen. Meine Aufgabe ist erfüllt. Ich geh nicht mehr ins Heim. Und nun? Ich schnipple mir aus der Tageszeitung interessante Film-/Theaterhinweise heraus. Workshops, die ich unbedingt angehen will. Sportangebote. Ich bewege mich nun nicht mehr an dem Rand der Gesellschaft. Ich kann mir nun auch mal einen Kinobesuch oder ähnliches leisten. Beim Aufräumen finde ich noch alte Zeitungsausschnitte. Der Wille war da.

Die neuen Ausschnitte verschwinden nach und nach ebenfalls im Papiermüll. Ich bekomme gar nichts auf die Reihe. Ständig fühle ich mich erschöpft. Wenn ich mich mal verabrede, bin ich gar nicht anwesend. Die anderen, die mir Trost gespendet haben, sind längst wieder in ihr altes Leben zurückgegangen. Ich muss mir ein neues suchen. Stecke aber noch ganz fest in meinem alten Leben. Schaue Fotos an, erinnere mich. Nein, mein Gott, so jung. Und so hübsch. Wusste ich das früher eigentlich? Wenn man jung ist, nimmt man sich und seinen Körper so selbstverständlich hin. Nie ist man zufrieden. Schade. Wenn man sich dann im Alter anschaut, dann zeigt sich einem eine ganz andere Realität. Mein Mann hat mir vorgemacht, wie sich ein Körper verändern kann. Er war zum Skelett abgemagert. Es gab ihn nur noch in einer Hülle. Doch ich wusste von seinem inneren Reichtum. Von Gefühlen, die nicht aus ihm rauskamen und trotzdem da waren. Von seinem nie enden wollenden Wissen, das sich ins Universum aufgemacht hat. Von seiner körperlichen Liebe, die er verschenken konnte. Von seinem wunderbaren Humor, der regelrechte Lachsalven in uns allen ausbrechen ließ. Von seiner Genussfreudigkeit.

Noch immer begleitet mich mein Mann. In der Natur. In der Erinnerung. Fotos lassen Vergessenes wieder lebendig werden. Das ist schön. Da füllt sich mein Inneres mit dem gelebten Leben. Es war ein gutes Leben. Ich war begeistert von ihm. War glücklich.

War zornig. War genervt, sauer. Wir waren vertraut. Konnten uns aufeinander verlassen. Haben sämtliche Register von „wunderbar" bis „du gehst mir auf die Nerven" gelebt.

Ich vermisse ihn. Das tut weh. Ich bin noch lange nicht angekommen, mich alleine zu sehen. Ich weiß, dass ich ein neues, anderes Leben nochmal versuchen muss. Will. Da wird noch viel Wasser den Rhein runter fließen. Die Gefühle werden noch durch viele Zickzackkurven schleudern.

Es liegt noch eine lange Strecke vor mir. Ich werde sie gehen.

Nachwort:

Doch, es kann immer ein gutes Ende geben.

Einige Wochen nach der Beerdigung lud das Heim zu einer Gedenkfeier ins Pflegeheim ein.

Mein Sohn und ich gingen hin. Der Heimleiter lud mich anschließend zu einem persönlichen Gespräch ein, ich sagte zu.

In mir spürte ich noch immer eine starke Ablehnung ihm gegenüber. Dies änderte sich jedoch im Laufe des Gesprächs. Die gemachten Erlebnisse, die Gefühle, die Ohnmacht, all das konnte ich nun endlich loswerden. Erstaunlicher Weise stieß ich dabei auf offene Ohren.

Meine Sicht war ausschließlich auf meinen Mann gerichtet. Auf die Erhaltung seiner Selbstbestimmung. Nur das Beste.

Wir stellten fest, dass wir nicht nur einen schlechten Start hatten, sondern dieser uns in einen Strudel gestörter Kommunikation brachte.

Sein jetziges Verständnis mir gegenüber und sein **Tut mir wirklich leid**, konnte ich nun annehmen.

Der Händedruck bei der Verabschiedung war echt. Es war ein guter Abschluss.

Zeitfracht Medien GmbH
Ferdinand-Jühlke-Straße 7
99095 Erfurt, Deutschland
produktsicherheit@kolibri360.de